Leopold Weber
Die Götter der Edda.
Verse über die Nordische Mythologie

I0651444

SEVERUS Verlag

ISBN: 978-3-95801-628-6
Druck: SEVERUS Verlag, 2017
Neuauflage der Originalausgabe von 1919

Satz und Lektorat: Lea Röseler

Der SEVERUS Verlag ist ein Imprint der Diplomica Verlag GmbH.
Bibliografische Information der Deutschen Nationalbibliothek:
Die Deutsche Nationalbibliothek verzeichnet diese Publikation in der
Deutschen Nationalbibliografie; detaillierte bibliografische Daten
sind im Internet über http://dnb.d-nb.de abrufbar.

Leopold Weber

Die Götter der Edda

Verse über die Nordische Mythologie

Inhalt

Einleitung

Vom Glauben unserer deutschen Ahnen sind uns nur kümmerliche Spuren erhalten. Ein besseres Schicksal ist dem Erbe unserer Vettern, der Nordgermanen, geworden. Während bei uns das Christentum alles Heidnische mit Stumpf und Stiel auszurotten strebte, sammelten dort, auf Island, der Wikingersiedlung Norwegens, vaterlandsliebende Gelehrte, Geistliche und Fürsten sorgsam die Zeugnisse vom Schauen und Glauben der Vorzeit: Gesänge und Erzählungen, die vom Entstehen der Welt und der Götter und ihrem Untergang künden.

Diese Überlieferung ist das Ergebnis einer Jahrtausende alten Entwicklung. Über ihrem Ursprung, über ihrem Werden lagert undurchdringliches Dunkel. Vergeblich müht sich die Forschung, mit der Fackel der Wissenschaft die Tiefen zu erhellen: riesenhafte Schatten nur sehen wir schwanken bei ihrem flackernden Licht. Nur fühlen, nur erahnen können wir's: aus urmenschlichen Vorstellungen wächst es auf, ungeheuerlich wie das wogende Chaos, in dem die Lebenskräfte um Entfaltung ringen; murmelnd begleitet es den Wanderhirten, den Siedler, den Krieger auf vielverschlungenen Wegen; und im Frühlicht des Christentums klingt es aus, das aus dem Süden heraufstrahlt.

Ein Weltenabgrund das All! Darin gärt des Urriesen gewaltiger Leib: dem entspringen allenthalben wilde Geschlechter.

Da reckt sich aus der finstern Leere des Abgrunds das Gletschergebirge, es kracht das Eis, die Stürme brausen.

Weit weg, am Ende der Welt, glimmt ein Feuerschein in der Nacht: dort kochen in der Ferne des Flammenmeeres Fluten, von daher wirbeln und sprühen Funkenscharen durchs Dunkel. Ihr heißer Hauch wogt erwärmend durch die eisigen Lüft. In den Nebeln über den Eisfeldern regt sich's: im Dämmer erschimmert über der Öde die heilige Himmelskuh; aus ihren Eutern rinnen lebenspendende Ströme zum Urriesen hinab in den Abgrund. Da steigt aus den Gletschern eines Mannes Haupt, die Schöpferkraft tritt aus dem Urstoff: befreit springt der Gott in die Welt... Göttersöhne töten den Urriesen. Gebändigt verstummt das tobende Chaos. Aus dem Leibe des Toten formen die Schöpfer die Welt, aus flüsternden Bäumen am Strande des Meeres erschaffen sie der Menschen Geschlecht. Der Elemente Kampf tost über der neugegründeten Erde. Aus der stürmenden See reckt die Weltenschlange drohend den borstigen Schädel; die Wolkenwölfe heulen über den Himmel, die Frostriesen stampfen und schnauben eisklirrend herein; durch die Lüfte dröhnt der Wettergott im Bocksgespann und schwingt den Blitzhammer gegen Ungeheuer und Unholde. Götterreiche werden Riesenreiche. Zwerge, Licht- und Luftelben, Unterirdische, die Toten selber bilden ihre eigenen Reiche. Und aus den Tiefen der Erde erwächst der Weltenbaum, die gewaltige Esche: die überschattet des All, und ihr heiliger Wipfel rauscht in den Wolken, wie über dem Rate der Volksgenossen das schützende Blätterdach der Dorflinde geheimnisvoll flüstert. Thor, der furchtbare Blitzeschwinger, der Kämpfer wider die sturm- und frostgewaltigen Winterriesen, er wird zu des „Menschenvolkes mächtigem Freunde": ungeheuer wie seine Kraft im Kampfe tobt sich die Ess- und Trinklust des Volkslieblings aus. An die Spitze des Götterreiches aber tritt, wie der irdische Fürst vor die Schar seiner Krieger, Odin-Allvater der Himmelsherr, der Gott des wagemutigen Geistes, der Schöpfer des Gesanges, der rastlose Wanderer, der um Weisheit forscht in den fernsten Fernen der Welt. Aus der Tiefe des Totenreichs wird ihm Erkenntnis. Kampf ist das Leben, ewiges Vergehen und Werden. Furchtlos im Schicksalskampf zu beharren, ist das Höchste. Da wächst neben Odin, dem Himmelsherrn, Balder, der Milde mächtig herauf, der lichteste Ase, frei von Frevel und Furcht. Und das Abschiedslied des Heidentums ertönt, ihre gewaltigste Dichtung, der Seherin Gesang vom Entstehen und Untergang. Aus der Tiefe des Abgrunds haben die Götter die Erde zum Lichte emporgewälzt. Geordnet ist die Welt. Heiter rinnt die goldene Urzeit dahin unter frohen Spielen. Da reckt sich der Neid auf. Krieg erklirrt um Weltmacht und Gold. In Schuld verstrickt sich der Herrschenden stolze Gier, in Frevel verwildert die Welt. Ermordet fällt Balder, der Reine. Die Mächte der Finsternis zerreißen ihre Fesseln, Ungeheuer und Unholde stürmen den Himmel. Die Götter stürzen, und im Toben der Elemente bricht das All zusammen. Aber aus der Vernichtung ersteht eine neue Welt, reiner und reicher, und gewaltig reitet der Friedensfürst zum Gerichte, „der Starke von oben, der alles bestimmt".

Was bedeuten nun diese Dichtungen längst versunkener Zeiten für unsere Gegenwart? Sind sie gewesen und erstorben, sind sie nur noch Vergangenheit für uns? Vermögen sie lediglich die Wissbegierde des Forschers zu fesseln, die geschichtliche Anteilnahme des Enkels am Besitze des Ahnen?

Wir haben bekanntlich eine ganze Reihe von Eddaübersetzungen, die solchem wissenschaftlichen Bedürfnisse dienen – meiner Verdeutschung ist ihr Ziel von anderen Absichten gesteckt. Nicht so sehr darauf kam es mir an, die Vergangenheit um ihrer selbst willen darzustellen, als vielmehr, aus dieser Vergangenheit das Ewig-Lebendige herauszuholen, das in unserm Herzen weiterzuwirken vermag: das Dichterisch-Gestaltende, das Seelisch-Ergreifende, das nicht mit den Formen des Glaubens veraltet, an denen es sich entzündet. Die seherische Kraft der Darstellung meine ich gegenüber unsern mühseligen Stimmungskünsten; die einheitliche Gewalt des Empfindens, rau, aber nie roh, gegenüber der Zersplitterung unseres Gefühlslebens; die ungebrochene Männlichkeit des Denkens, das in schlichter Klarheit, mit unerbittlicher Gradheit tiefere Lebensweisheit fördert, als die aufgeregte Problemhatz unserer Tage. Zu solchen nährenden Quellen der Kultur zu führen, ohne deren lebenspendende Kraft ihr Stamm abdorren muss, darauf kam es mir an.

Dieses Ziel aber konnte nicht mit einer bloßen Übersetzung der nordischen Denkmäler erreicht werden. Denn die Überlieferung, wie sie vorliegt, sie schleppt mit dem unvergänglichen Kerne, den sie bewahrt, auch den ganzen Ballast der Jahrhunderte mit sich: erstarrten Wissenskram, zeitliche Eigentümlichkeiten, in denen wir uns auf dem Weg des Studiums zurechtfinden können – Dinge, die für unser unmittelbares Empfinden tot sind und tot bleiben. Hier galt es, wenn auch mit ehrfürchtiger Vorsicht, den Schutt der Zeiten wegzuräumen, der dem Blick das Wesentliche verhüllt und das Lebendige mit dem Lebenden zu verbinden.

So habe ich mich zu einer freien Nachdichtung und, wo es mir nötig schien, auch Umdichtung der Zeugnisse entschlossen: frei in der Verwendung der Mittel, die mir die Überlieferung und die Ergebnisse der Forschung an die Hand gaben – aller Willkür fern, hoffe ich, die eignes Fabeln ohne begründeten Anlass an die Stelle des alten Erbgutes setzt.

Den Grundstock meiner Verdeutschung bildet die altnordische Sammlung, die unter dem Namen der Edda bekannt ist. Aber nicht sie allein habe ich herangezogen. Mit die schönsten Überlieferungen, die tiefsinnigsten Auffassungen bewahrt – wenn auch manchmal entstellt und übermalt – die sogenannte Prosaedda: die mythologischen Zusammenstellungen des gelehrten Isländerhäuptlings Snorri Sturluson aus dem 13. Jahrhundert. Sie sind mehrfach übersetzt, auch für die Jugend bearbeitet worden. Wer hat nicht einmal als Knabe von den märchenhaften Abenteuern Thors bei den Riesen und Unholden gelesen? Schon Goethe erfreute sich an der Schilderung der ungeheuren Wettproben, die der Gott bei Utgardaloki besteht, dem Toten jenseits der Welt. Auch aus diesen Erzählungen habe ich, was mich zur Aufnahme drängte, unter Anlehnung an die alten Stabreimweisen in Lieder umgesetzt und endlich Einzelzüge aus dem weiteren Kreise der Überlieferung verwendet. Alle diese Elemente strebte ich in freier Nachdichtung zu einem einheitlich abgetönten Bilde zusammenzufassen und so eine Anschauung von den künstlerisch mythenbildenden Kräften in ihrer höchsten Entwicklungsmöglichkeit zu geben. Mag dieses Bild gelegentlich auch über das Nordische in engerem Sinne hinausweisen, ja mag es selbst manches in der Blüte darstellen, was dazumal erst im Keime sich regte.

Ich spreche hier von einem Ziele: ob ich es erreicht habe, ist ein ander Ding.

Den Dichtungen selber stelle ich eine kurze Darstellung der Göttersage („Vom Ursprung und Ende der Welt") voraus: sie soll es dem Leser ermöglichen, die einzelnen Lieder von vornherein aus dem Zusammenhange des Ganzen zu erfassen. Daran schließe ich eine Übersicht („Der Götter Geschlecht und ihre Gegner"), ein Nachschlagestück gewissermaßen in erzählender Form, das mit dem Stoffe, mit den mythologischen Wesen, ihren Namen und ihren Eigenschaften so weit vertraut machen soll, dass sich störende Anmerkungen weiterhin erübrigen. Absichtlich weggelassen habe ich weitergehende Erklärungen, Erläuterungen von Widersprüchen und Ähnliches. Mythen entwickeln sich nicht nach Gesichtspunkten der Logik, sie stellen kein absichtsvoll und kunstreich aufgeführtes Dogmengebäude dar, sondern entstehen als fortzeugendes Leben mit allem Widerspruchsvollen des Lebens. Sie wollen nachgefühlt viel mehr als begriffen werden. Zum Geheimnis gehört hier der Schleier. So habe ich mich auch nicht auf Deutungen des symbolischen Gehaltes der mythologischen Erscheinungen eingelassen. Solche Deutungen sind nicht nur an sich unsicher, sie lösen auch gar zu leicht die künstlerische Wirklichkeit der Gestalten auf und zerstören damit die dichterische Wirkung zugunsten eines zweifelhaften Wissens um die Dinge. Ahnen lassen kann man hier allenfalls, was einem aufblitzt – was darüber hinausgeht, ist, scheint mir, vom Übel.

Es ist Blut von unserem Blute, das in diesen Mythen pulst; es lebt ein Wesenswille darin, der einst auch unseren Herzschlag trieb. Die Formen des alten Glaubens sind längst und für immer zerbrochen – möge der Geist, der sie schuf, in uns zu neuem Leben erstarken und über das Wesensfremde in unserem Volkskörper den Sieg behalten.

München, im Herbst 1919

Leopold Weber

Zur Einführung

Vom Ursprung und Ende der Welt

L eere und Finsternis war im Urbeginne der Zeiten – ein
endloser Abgrund. Da reckte sich aus dem Abgrund im
Norden mit krachendem Eise das Gletschergebirge. Und
ferne im Süden erglomm ein Feuerschein in der Nacht:
dort flammte Muspelheim auf, das Feuerreich. Funken stoben in Scharen aus Feuerheim und rieselten gleich einem
Sternenheer über den Abgrund. Die Gletscher schmolzen,
Eisströme stürzten hinab. Tief unten aus tosendem Wasser
und zischendem Dampfe ward in heulendem Sturme der
Urriese Ymi, der Brüller. Aus seinen Achselhöhlen quollen,
aus den Füßen, die er im Schlaf aneinander rieb, entspran-
gen der Riesen Geschlechter und tobten im Abgrund.

Droben aber, aus den wogenden Nebeln über den Gletschern, erblinkte ein hohes Gehörn: aus dem schmelzen-
den Eise erwuchs mit strotzenden Eutern die heilige Himmelskuh, die Nährmutter der Welt. Hungrig leckte die Kuh
am Salzgesteine. Da hob sich aus dem Gestein eines Mannes Haupt: Buri, der Gott, der Erbauer, trat in die Welt.

Aus der Gletscheröde stieg der Lichte in den finstern
Abgrund nieder zu den Töchtern der Riesen. Da ward
im Dunkel der Urnacht aus Götterkraft und Riesenstärke
Odin, der strahlende Ase. Der beschloss, die Herrschaft
der Götter zu gründen. Odin und seine Brüder töteten Ymi,
den Brüller. Strudelnd erfüllte den ungeheuren Abgrund
das Blut, drin ertranken alle Riesen. Nur einer entrann im
Boote mit seinem Weibe.

Nun schufen die Asen aus dem Leibe des toten Urriesen die Welt: aus dem Fleische die Erde, aus dem Gebein das Gebirge, aus dem brausenden Blute das Meer, aus dem hohlen Schädel das hohe Himmelsgewölbe. Die gewaltigen Funkenscharen aber, die aus Feuerheim schwirrten, fingen die Götter und geboten ihnen, am Himmel zu wandeln. Der Sonne wiesen sie ihre Bahn, dem Mond und den Sternen. Und das Licht, das wild durch den Weltraum gestoben, strahlte beruhigt vom Himmel herab auf die Erde.

Die Erde ist eine Scheibe, kreisrund: rings um die Küsten brandet das Weltmeer. An ihrem Rand, in die Berg- und Eisöden, bannten die Götter der Riesen Geschlecht. Noch aber war der Raum leer inmitten der Erde: Mittelgart, Midgard. Nur die Zwerge wimmelten wie Maden aus dem Fleische Ymis hervor. Da schufen die Götter aus rauschenden Bäumen am Strande des Meeres das erste Menschenpaar: Embla und Ask.

Ein gewaltiger Stamm, die Esche Yggdrasil, wächst aus den Tiefen der Erde hervor und stützt das Himmelsgewölbe. Ihr Wipfel rauscht vom Himmelstau feucht über den Wolken. In ihrem Schutz ruht das All.

Unter ihrem Wipfel, in den Himmelslüften auf dem Idafeld, bauten die Götter sich ihre Sitze und ihre Burg, das strahlende Asgard. Von dorther schwingt eine Brücke durchs Gewölk ihren farbig schimmernden Bogen zur Erde. Auf dem Dache der hohen Halle weidet Heidrun, die Himmelsziege, und zehrt vom Laube des Baumes. Sonnentrunken gellt aus dem Wipfel seinen Sang ein göttlicher Adler.

Es wächst der Weltenbaum und breitet immer mächtiger die Äste über dem All. An seinen Wurzeln aber, in der Tiefe des Totenreichs, nagt knirschend in ewigem Neide der Drache der Unterwelt: Nidhögg, der Gierzahn.

Friede war in der Urzeit. Geordnet war die Welt und allen Wesen ihr Wohnsitz gewiesen. Auf der Erde schafften die Menschen, in fernen Öden tosten die Riesen, die glänzenden Lichtalfen tummelten sich in den Lüften, in finstern Höhlen hausten die Schwarzalfen, in wildem Geklüft das Gezwerg, und der Toten Heer dämmerte in Nebelheim tief unter der Erde, von eisklirrenden Strömen umbraust, frostscharf wie schneidendes Eisen. Herrlich tafelten und tranken in Asgards Halle die Götter, heiter spielten sie im Hofe mit goldenen Würfeln. Da schritten geheimnisvoll drei gewaltige Weiber aus fernen Riesenreichen heran. Am Fuße der Weltesche blinkt ein heiliger Brunnen, am Grunde murmelt der weise Wassergeist Mime: dort ließen die Nornen sich nieder und begannen mit zaubermächtigen Händen das Schicksalsgewebe zu spinnen.

Da erdröhnte Kampf in der Welt.

Ein neues Göttergeschlecht erwuchs am Meeresstrande, reich an Weisheit und Schätzen: die Wanen. Eine der Ihren, Gullweig die Goldene, umstrickte mit ihren Zauberkünsten die Menschen: sie ward, von den Asen gefangen, misshandelt. Da entbrannte zwischen den Göttervölkern der Krieg um die Weltmacht. Die Asenburg stürzte unter dem Streitgestampfe der Starken zu Trümmern. Nun hielten die Gegner inne: über der Zerstörung reichten sie sich die Hände zum Bunde, und seitdem herrschen Asen und Wanen vereint über die Welt.

Da erhoben sich wider die Schöpfer zu ewigem Kampfe die Zerstörer, die Riesen: die kraftstrotzenden Thursen, die reifrauen Hrimthursen, die fressgierigen Joten – die Gewaltigen der Gebirgsöde, der Fluten, des Feuers, des Sturmes, des Frostes. Zurückgeschmettert, stürmen die Unholde immer von neuem heran. In der Not des Kampfes verstricken sich die Götter in Schuld, ihre Macht schwindet; die Welt verwildert in Treulosigkeit und blutigem Frevel: der

Schreckenswinter, der gewaltig verheerende, verwüstet, drei Jahre während, mit Sturm und Frost die gottverlassene Erde, und der Tag des Unterganges dämmert herauf. Gellend ertönt der Weckruf der Hähne –in Asenheim, im Riesenreich, in der Unterwelt. Im Wipfel Yggdrasils verborgen hängt des Himmelswächters heiliges Horn – er ergreift es und bläst schmetternd zur Schlacht. Odin ordnet die Scharen der Götter. Entfesselt rasen die Heere der Riesen und der Ungeheuer heran. Götter und Unholde fallen im Kampf gegeneinander. Die Gestirne stürzen vom Himmel. Feuer verschlingt das All, das Meer braust über das Festland. Aber aus der Zerstörung taucht eine neue Welt in hellerem Glanze auf, und in ihren Söhnen wiedergeboren erstehen von neuem die Götter.

Der Götter Geschlecht und ihre Gegner

Odin ist der erste unter den Asen, der Herr des Schlachtfelds und der Gefällten, der „Wal": Heervater, Walvater. Allvater ist er, der Herr des Himmels, der Vater der Götter und der. Gebieter der Welt. Von seinem Hochsitz in Walhall überschaut er das All. Zwei Raben, Hugin und Munin, Gedanke und Erinnerung, umkreisen sein Haupt und bringen ihm Botschaft aus aller Welt. Die Wölfe Geri und Freki, der Gierige und der Gefräßige, liegen zu seinen Füßen. Sein Speer Gungni verfehlt kein Ziel. Wenn Odin im Sturm durch die Wolken stiebt, reitet er Sleipni, den achtfüßigen Schimmel, das rascheste Ross. Er weiß von dem drohenden Untergang und rüstet unablässig zum Kampf. Forschend durchwandert er die Welt: bei den Riesen weilt er zu Gast; dem Wassergeist Mime verpfändet er sein eines Auge um Weisheit; in die Unterwelt dringt er und erweckt die Zauberin von den Toten, um sie über die Zukunft zu befragen. Seine Schlachtmägde, die Walküren, führen die gefallenen Helden nach Walhall: dort tafeln die Tapferen, zu neuem Leben erweckt, bei den Göttern und üben im Kampfspiel ihre Kraft, um dereinst an ihrer Seite die letzte Schlacht zu schlagen. Odin ist der runen- und zauberkundigste unter den Göttern. Er verleiht den Menschen die Kunst des Gesanges. Den Göttertrank Odröri, den Geisterreger, hat er aus der Gewalt der Riesen befreit. Er hat auch der Wala, der zauberkundigen Seherin, die Zunge zu ihrem Gesange gelöst.

Frigg ist Odins Weib, die Göttermutter, die Herrin des Himmels. Sie haust in den Fensälen.

Odins gewaltigster Sohn von der Mutter Erde ist Thor. Er heißt auch der Asen Thor, Asathor; Wingthor, der Hammerschwinger; Hlorridi, der furchtbare Brüller. Mjölni, den Malmer, den funkelnden Wurfhammer in der Faust, dröhnt der rotbärtige Gott im Wolkenwagen mit den Wetterböcken durch die Lüfte. Vor ihm her springt sein hurtiger Knecht, wie das Wetterleuchten dem Gewitter voraufzuckt. Seine Magd folgt dem fernhin verdröhnenden Gefährt. Thor ist der Menschen Beschützer, des Menschenvolkes mächtiger Freund. Er ist es, der allen anderen Göttern gegen die Eis- und Bergriesen kämpft. Sein schmetternder Blitzhammer, der die Unholde niederstreckt, er reißt auch die Riegel der Wolke auf, die den lebenserweckenden Regen , über die Fluren strömt: drum verehren ihn insbesondere die Bauern. Sein grimmigster Feind ist die Midgardschlange, das länderumschlingende Ungeheuer am Grunde des Weltmeers: mit der kämpft er den letzten Kampf aus beim Untergange der Götter. Thor wohnt in Thrudwang, dem Gefilde der Kraft. Thors Gattin, deren Haare golden schimmern wie die Ährenfelder im Sonnenschein, heißt Sif.

Balder ist ein Sohn Odins von Frigg, der Lichteste unter den Asen, frei von Frevel und Furcht. Er sitzt auf Breidablick, Fernenglanz, mit seinem Weibe Nanna. Sein Urteilsspruch trifft immer das Rechte. Er hilft den Gekränkten. Wenn er, der Reine, den Ränken der Unholde erliegt, naht das Ende der Welt.

Frey ist ein Wanengott. Er schenkt Fruchtbarkeit der Erde, Frieden und Wohlstand den Menschen. Alfheim heißt sein Wohnsitz. Auf goldenem Eber mit strahlenden Borsten reitet er durchs Himmelsblau. Er fährt auf Holzross, dem Schiffe, das Wunschwinde lenken, wohin er es heißt. Seinem Diener und Gefährten Skirni, dem Erleuchter, schenkte Frey sein Schwert. Das rächte sich, als Frey in der Götterschlacht gegen die Riesen den Todeskampf kämpfte.

Freys Schwester ist Freyja, die Holde. Im Falkengewande fliegt sie; von fauchenden Katzen gezogen, fährt sie durch die Lüfte. An ihrem Halse glänzt weithin das köstliche Kleinod Brisingamen, der Brisinge Schmuck.

Der Vater des Frey und der Freyja ist Njördr. In Noatun haust er, am Strande des Meeres. Er besänftigt die Winde. Das wilde Weib des Meerriesen Ägi wühlt zum Sturme die See auf. Njörd beruhigt die Wogen. Er freut sich am Rauschen des Meeres und an der Seehunde Gekläff. Seine Gattin ist Skadi, des Sturmriesen Thiazi Tochter, der von den Göttern gefällt wurde.

Ty, der Kriegsgott, ist der Sohn des Eis- und Meerriesen Hymi und seiner himmlischen Geliebten, der Allgoldnen. Die leuchtet, wie die Morgenröte über der Öde des Eismeeres erstrahlt. Ty ist einhändig: seine Rechte verschlang Fenri, der Wolf, als Ty ihn band.

Heimdall, der Himmelswart sitzt immer wach am Kopfe der Götterbrücke und behütet das Götterreich vor den Riesen. Nichts entgeht ihm: sein Blick späht bis ans Ende der Welt; sein Ohr hört das Gras auf der Erde wachsen und die Wolle auf den Schafen. Er ist aus dem Meere geboren: neun Schwestern, Töchter der Wogen, trugen ihn in ihrem Schoße. Sein Antlitz ist hell wie der Tag, der aus der See aufsteigt. Er wohnt im Himmelsgebirge in stattlicher Halle. Goldzopf heißt sein Ross mit strahlendem Stirnbüschel. Heimdall ist der Stammvater des Menschengeschlechts: er zeugte im Ehebett dreier Menschenpaare die Geschlechter der Knechte, der Bauern, der Fürsten; darum heißen sie Heimdalls Kinder. Heimdalls Gegner ist Loki, der Riesensohn: in Seehundsgestalt, an ragender Meeresklippe erkämpfte Heimdall von ihm das Kleinod Brisingamen; das hatte der tückische Dieb Freyja, der Göttin, gestohlen.

Bragi, der Bärtige, ist der Sänger der Asen. Sein Weib Idun hütet in ihrer Truhe die goldenen Äpfel, die den Himmlischen ewige Jugend verleihen. Der Sturmriese Thiazi hatte sie mit Lokis Hilfe entführt; da ergrauten die

Götter und Göttinnen und schrumpften zusammen. Aber Loki, von den Asen gezwungen, brachte sie in Nussgestalt wieder zurück.

Ull, der Hehre, haust in Eibental, der Bogenschützer bester, der schnellste auf Schneeschuhen. Beim Zweikampfe ruft man ihn an.

Widar, der Schweiger, Odins Sohn, lebt einsam im Weideland Widi. Er ist der Stärkste nach Thor: er rächt den Vater, wenn der Herrscher des Himmels im Weltenkampf stürzt.

Höd, Balders Bruder, ist von gewaltiger Kraft, aber er ist blind. Loki missbraucht des Hilflosen Stärke zum Morde an Balder.

Auch Loki zählt zu den Asen, der Sohn des Wetterriesen. In der Urzeit schloss Loki Blutbrüderschaft mit den Göttern und erschuf mit ihnen das Menschengeschlecht. Aber nicht lange hielt der Vielverschlagene den Asen die Treue. Tückisch regte sich das Riesenblut in Loki, in manche Fährnisse brachte er mit trügerischen Ratschlägen die Götter. Mit der Riesin Angrboda, der Wehebotin, zeugte er drei gewaltige Ungeheuer: die Midgardschlange, die Gegnerin Thors; Fenri, den Wolf, der in der Götterschlacht den Herrn des Himmels verschlingt, und. Hel, die Fahle, die Herrscherin im Reiche der Toten. Wegen des Mordes an Balder, zu dem er Höd angestiftet, wurde er von den Asen gefesselt. Befreit stürmt er in der Götterschlacht als Führer der Riesen und Ungeheuer den Himmel.

Von seinem Sohne Fenri stammen die Wölfe, die hinter Sonne und Mond herjagen. Die zeugte Fenri mit einer riesigen Alten im „Eisenwalde", dem Urwald von ewiger Dauer.

Am Ende der Welt sitzt der Sturmadler Leichenschwelg. Von dem Schlage seiner Schwingen erbraust ächzend die Weltesche, wenn Heimdalls Horn ruft. Da hackt er der

Toten Schiff von den Tauen, und die Leichenscharen, die Wiedergänger, erheben sich zum Kampf gegen die Götter.

Der Riesen Furchtbarster aber ist Surt, der Schwarze, des Feuerreichs Herrscher. Das Flammenschwert in der Faust, sitzt er an Muspelheims Grenze und harrt vernichtungglühend auf den Weckruf zur letzten Schlacht. Dann reitet er mit den Feuersöhnen donnernd über die Götterbrücke zum Kampf; die Brücke birst, und in Surts Flammen vergeht die Welt.

Trotzig ist der Mensch, mächtig sind die Unholde, gewaltiger sind die Götter: über allen aber und allem entscheidet nach ewigem Ratschluss das unerforschliche Schicksal. Und doch – auch dem Schicksal zum Trotz beharrt siegreich das Ewig-Lebendige!

So singt Odin im Liede des Hohen:

Dein Vieh, es stirbt, die Vettern sterben,
Zum Schlusse stirbst auch du.
Aber den Ruhm, den er errang,
Raubt nicht dem Tapfern der Tod.

Dein Vieh, es stirbt, die Vettern sterben,
Zum Schlusse stirbst auch du.
Nur eines weiß ich, ewig währt es –
Es richtet den Toten sein Ruf.

Thors Abenteuer

Wie Thor seinen Hammer zurückholte

Wild ward Wingthor, als er wach ward:
Der Hammer fehlte zu Häupten dem Herrn!
Es schwang den Bart, es schwenkte die Haare,
Überall suchte der Erde Sohn.

„Höre du, Loki, horch, was ich künde",
Also erhob der Ase das Wort:
„In Asenheim ahnt's und auf Erden noch niemand:
Hlorridi hat man den Hammer geraubt!"

Sie schritten zum hohen Gehöfte der Freyja,
Und also erhob der Ase das Wort:
„Willst du mir, Freyja, dein Federhemd leihen,
Dass ich den Hammer heimholen kann?" –

„Du sollst es besitzen, und wär' es von Silber –
Ich wollt' es dir geben, und wär' es von Gold!"

Da flog Loki, das Federhemd rauschte,
Hinaus zu den Höfen der Himmelsgötter,
Hinein in die Hügel von Riesenheim.

Thrym saß am Hügel, der Thursen Herrscher:
Goldene Halsbänder flocht er den Hunden,
Kämmte den Mähren die Mähnen zurecht.

„Wie geht es den Asen, wie geht es den Asen?
Was willst du erfragen in Selfenheim?" –

„Schlecht geht's den Asen, schlecht geht's den Asen!
Hast du den Hammer im Hause versteckt?" –

„Hlorridis Hammer, ich hab' ihn verhohlen
Unter dem Rasen der Rasten acht.
Nimmermehr holt sich den Hehren vom Riesen,
Wer mir zur Frau Freyja nicht bringt."

Da flog Loki – das Federhemd rauschte –
Heraus aus den Hügeln der Riesenherrscher,
Hinein zu den Höfen der Himmelsherrn.

Da trat an der Türe schon Thor ihm entgegen,
Und also erhob der Ase das Wort:
„Bringst du mir Mär, die der Mühe lohnt?
Sag's lang und breit mir gleich aus den Lüften!
Hockt man daheim erst, vergisst man die Hälfte,
Liegt man daheim erst, lügt man gar leicht." –

„Ich bringe dir Mär, die der Mühe lohnt.
Thrym hat den Hammer, der Thursen Herr:
Nimmermehr holt sich den Hehren vom Riesen,
Wer ihm zur Frau Freyja nicht bringt."

Da suchten sie Freyja, die freudige Frau auf,
Und also erhob der Ase das Wort:
„Binde dir, Freyja, den Brautschleier um,
Wir reisen noch heute nach Riesenheim!"

Wild ward Freyja, fauchte vor Wut,
Dröhnend erbebte der Boden der Halle,

Vom Halse barst ihr der Brisinge Schmuck.
„Mannstoll soll man in Midgard mich heißen,
Reis' ich mit Wingthor nach Riesenheim!"

Es eilten die Asen alle zum Thinge,
Die Asinnen alle eilten zum Rat.
Da rieten die Götter und raunten darüber,
Wie man Hlorridis Hammer bekäm.

Da sprach der Himmelswart, Heimdall, der Helle,
An göttlicher Weisheit den Wanen gleich:
„Bindet dem Thor doch den Brautschleier um
Und schlingt ihm schimmernd Schmuck um den Hals!
Vom Gurte lasst Schlüssel ihm scheppern und klirren,
Über die Füße den Frauenrock fallen,
Schmückt ihm die Brust mit Gesteinen, die breite,
Und knüpft ihm zum Knaufe kunstvoll das Haar!"

Da grollte gewaltig Wingthor, der Grimme:
„Du Wicht! So wird man in Walhall mich schmähen,
Lass ich mich wickeln in Weibsgewand!"

Da redete Loki, der Rasche, mit Listen:
„Schweige doch, Thor, mit so täppischem Streit!
Auf Asgard werden bald Eisriesen wohnen,
Wenn nicht dein Hammer heim zu uns kommt."

Da banden sie Thor den Brautschleier um,
Und schlangen ihm schimmernd Schmuck um den Hals,
Schlüssel ließen vom Gurte sie scheppern,
Über die Füße den Frauenrock fallen,
Schmückten die Brust mit Gesteinen, die breite,
Und knüpften ihm kunstvoll zum Knaufe das Haar.

Da redete Loki, der Liebling der Laufey:
„Mitziehen möcht' ich als Magd des Gefährten,
Wir reisen selbander nach Riesenheim."

Heimwärts trieben sie hurtig die Böcke
Und spannten die Springer, die starken, zum Strang.
Berge barsten, es brannte der Boden,
Odins Sohn zog in der Eisriesen Reich.

Da rief in Thursenheim Thrym, der Gebieter:
„Flink, ihr Bursche, fegt die Bänke!
Nun führen sie Freyja dem Riesen zur Frau her,
Aus Noatun naht die Tochter des Njörd.

Kühe mit Goldhörnern grasen am Rain mir,
Rabenschwarze, des Riesen Stolz,
Schätze hab' ich, Geschmeide in Haufen –
Nur Freyja, die Frau, fehlte mir noch!"

Gar bald brach der Abend im Eislande an,
Es wurde den Brüllern das Biermahl bereitet.
Da aß die Braut einen Ochsen ganz,
Acht Lachse allein, alle Leckerbissen,
Und trank zum Mahle drei Tonnen Met.

Da rief in Thursenheim Thrym, der Gebieter:
„Wo sah man je Bräute so mörderlich beißen?
Nie sah ich Frauen so fürchterlich fressen,
Noch Mädchen trinken so mächtig Met!"

Da war gar flink die Gefährtin zu Handen,
Wider die Rede wusste sie Rat:
„Acht Tage saß sie, ohne zu essen,
Toll vor Verlangen nach Thursenheim."

Er hob den Schleier, die Schöne zu küssen,
Da warf es den Riesen zurück an die Wand.
„Wie funkeln so furchtbar die Augen der Freyja –
Wie Feuerfackeln flammt es daraus!"

Da war gar flink die Gefährtin zu Handen,
Wider die Rede wusste sie Rat:
„Acht Nächte lag sie mit offenen Augen,
Toll vor Verlangen nach Thursenheim."

Da kam auch des Eisriesen ärmliche Schwester,
Keck bei der Braut um Geschenke zu betteln.
„Reiche mir, Asin, vom Arme die Ringe,
Soll ihre Gunst dir die Schwägerin geben,
Ihre Hilfe und ihre Huld."

Da rief in Thursenheim Thrym, der Gebieter:
„Holt nun den Hammer Hlorridis her,
Legt dem Mägdlein Mjölni aufs Knie hin,
Schwört die Eide zum Ehebund."

Da lachte das Herz in Hlorridis Leibe,
Als der Hartgemute den Hammer ersah.
Thrym, den Trotzige, traf er als ersten,
Und schlug zu Trümmern der Thursen Geschlecht.

Er schlug auch die Alte, des Eisriesen Schwester,
Die Bettlerin um das Brautgeschenk:
Statt klingender Schillinge gab er ihr Schläge
Und Hammerhiebe für helles Gold.

So holte den Hammer Odins Sohn heim.

Wie Thor sein Gesinde gewann

Hoch in den Bergen hauste der Bauer,
Egil, der Alte, am Ende der Welt.
Beim Vater kauerten furchtsam die Kinder,
Thialfi, der Rasche, Röskwa, die Dirn.

Fahle Flammen flogen von ferne,
In blauem Lichte lohte die Luft:
Näher brauste der Böcke Gebieter,
Asathor zog in der Eisriesen Reich.

Sausend bogen die Bäume sich nieder,
Der Hammer krachte hart ins Geklüft.
Der Boden bebte, die Berge brannten,
Die Kammer flammte im Feuerstrahl.

Schmetternd hallte ein Schlag ans Haus hin
Es schrien die Kinder in schrillem Schreck,
Auf sprang die Türe zu Egils Stube –
Grimmig ragte im Glanze der Gott.

Es hielt die Hand den funkelnden Hammer,
Es sträubte sich fauchend der Feuerbart,
Unter den Brauen blickten, den finstern,
Flammend die Augen des Asen hervor.

Hinter ihm reckten sich riesig im Dunkel
Die Häupter der Böcke mit hohem Gehörn…
Zu Boden bückte sich zitternd der Bauer,
Es schauten die Kinder scheu in den Schein.

Verstummt war im Tale das schmetternde Toben,
Der Regen nur rann und rauschte herab:
Dumpf erdröhnte des Donnerers Stimme,
Grimmig brummte der Gott in den Bart:

„Egil, Alter, auf vom Estrich!
Richte dem Asen die Ruhestatt,
Rüste zum Kochen den rußigen Kessel –
Her, ihr Gehörnten, zum Mahl für den Herrn!"

Es griff nach den Rennern im Rücken der Rasche.
„Getan ist, ihr Traber, das Tagewerk heut!"
Der Hammer blitzte über den Häuptern,
Zu Boden stürzte der Böcke Paar.

„Tragt in die Küche die trefflichen Traber,
Siedet zum Schmaus mir die Wackern geschwind,
Doch hütet mir, Bauern, die Häute der Böcke,
Und dass mir die Knochen keiner verletzt!"

Es saß der Ase am Tisch mit dem Alten,
Mit Kindern und Knechten beim köstlichen Mahl:
Sie schlangen die Fülle des fetten Fleisches,
Es schlürften die Bauern die Brühe zum Schmaus.

Sie nagten die Rippen rein von den Resten,
Sammelten sauber die Glieder beiseit:
Knochen an Knochen, zum Knäuel geschichtet,
Häuften am Flure sich hoch auf dem Fell.

Am Tische zuhinterst hockte Thialfi,
Raunte mit Röskwa, der rührigen Magd,
Hielt einen Schenkel heimlich in Händen,
Prüfte verborgen das bloße Gebein.

Schlug an den Knochen mit klopfendem Knöchel,
Stemmte verstohlen das Messer ins Mark,
Sprengte knackend die Knochenhülle:
Es schlürften das Fett die Geschwister flink…

Stille ward es zu später Stunde,
Es schliefen die Mannen müd nach dem Mahl.
Zur Hütte nieder hingen die Nebel,
Hüllten in Dunkel, in dichtes, das Haus.

Da klang vom Himmel des Hahnes Krähen,
Es fiel aus der Höhe der helle Ruf:
In Walhall oben erwachten die Asen,
Beim Bauern erwachte Wingthor im Bett.

Dröhnend eilte durchs Dämmer der Ase.
Hinaus zu den Fellen der Böcke am Flur.
Über den Häuten erhob er den Hammer,
Ein Blitzen flog übers bleiche Gebein.

Da zuckten am Flure die zottigen Felle,
Da hüpften vom Grunde die Glieder zur Höh':
Frisch auf die Füße fuhren die Renner,
Grüßten meckernd im Morgen den Gott.

Sprangen gar fröhlich vom Flute ins Freie,
Rannten zum Wagen Wingthors voran.
Da schaute der Ase: der eine der Schnellen,
Er schleppte hinkend das hurtige Bein.

Drohend sanken die dichten Brauen,
Des Donnerers Antlitz ward dunkel wie Nacht,
Die Hände umklammerten knirschend den Hammer,
Die Knöchel erblichen, vom Blute entblößt.

Da stürzen die Knechte stammelnd aufs Knie hin,
Da warf sich der Bauer bang aufs Gesicht:
„Herr, nimm Habe und Haus zur Sühne,
Es büße dir alles, was Egil besitzt!" –

„Wer hat mir das Bein meines Böckleins zerbrochen?
Wer sog aus den Knochen das kräftige Mark?"
Zitternd kamen die Zagen geschlichen,
Es traten die Kinder mit Tränen vor Thor.

Da hoben ein wenig die Brauen sich wieder,
Des Asen Antlitz hellte sich auf:
Hlorridi reckte den heiligen Hammer
Über die Scheitel der Scheuen empor.

„Abschied auf ewig nehmt von der Erde,
Zu seinem Gesinde ersah euch der Gott:
Renne als Bote mir, Bursch, vor den Böcken,
Folge du, Mägdlein, meinem Gefährt!"

Es bäumten sich schnaubend die Böcke vom Boden,
Es sprang in den Wagen vom Wegrain der Gott.
Dröhnend fuhr Wingthor ins dunkle Gewölke:
Ein Wirbelsturm packte das weinende Paar.

Es schrien die Bauern in bebendem Schrecken,
Reckten zum Himmel die Hände hoch:
In blauem Lichte lohten die Lüfte,
Es schwanden die Kinder im schimmernden Schein.

Vom Eisriesen Hymi

Einst kehrten die Asen voll Esslust vom Jagen,
Voller Verlangen nach frohem Trunk.
Sie warfen die Lose, da wiesen die Stäbe,
Gute Atzung bei Ägi gäb's.

Am Bergstrand saß Ägi, der Seegebieter,
Der Freund der Felsriesen, froh wie ein Kind.
Da sah ihm der Donnerer drohend ins Auge:
„Den Göttern rüste das Gastmahl gleich!"

Dem Geizigen schaffte der Grimme Beschwerde,
Auf Arglist besann sich Ägi geschwind.
„So bringt mir zum Brauen herbei einen Kessel,
Der groß genug für der Götter Durst."

Den aber mochten dies mächtigen Götter
Nirgend gewinnen nahe und weit,
Bis Ty, der Getreue, es Thor vertraute,
Bis er den Rat ihm, den richtigen, wies:

„Es wohnt im Osten der Urgewässer
Der Eisriese Hymi am Ende der Welt.
Der grimmige Thurs und sein göttliches Liebchen,
Die Ty erzeugten, die haben den Trog." –

„Werden den Biersieder wir wohl gewinnen?" –
„Mit List, mein Lieber, gelingt es gewiss."
Es schritten nach Osten eilig die Asen
Auf rauen Wegen durchs Riesengebirg.

Da schimmerten fernher und schäumten die Fluten,
Des Eismeers Öde in endlosem Glanz.
Am Strandhügel ragte des Riesen Gehöfte,
Sie traten zur Halle, zur hohen, hinein.

Dort saß in der Ecke die Ahne des Unholds,
Reckte die Häupter – an hundert hoch:
So streckt den Gipfel das Gletschergebirge
Am Himmelsrand drohend aus dunklem Gewölk.

Da schritt durch die Saaltür mit sachtem Tritte
Das Liebchen des Grimmen, die goldne, herein:
Es brachte die Schöne mit schimmernden Brauen
Den göttlichen Gästen zum Gruße Bier.

„Willkommen, ihr beiden! Bergt euch ein Weilchen
Hinter der Strebe, der starken, aus Holz.
Denn manchmal, leider, ist mein Liebster
Grob mit den Gästen und grimmgelaunt."

Abend ward es, da stampfte der Unhold,
Der hartgemute, ins hallende Haus.
Vom Angeln kam er, die Eisklumpen klirrten,
Der struppige Kinnwald starrte voll Reif.

„Heil dir, Hymi, freue dich, Herrscher,
Es kam uns der Sohn zu Besuche heut.
Mit sich führt er den Felsriesenfäller,
Des Menschenvolkes mächtigen Freund.

An der Giebelwand hinten harren die Gäste,
Hinter der Strebe, der starken, aus Holz."
Der Balken knickte vorm Blicke des Riesen,
Zersplittert stürzte die Stütze zum Grund.

Da starrte der Eisthurs dem Asen ins Antlitz:
Den Schrecken der Seinen sah er im Saal!
„Was willst du, Thor, im Wohnhaus des Thursen,
Sohn des Odin, im Eisriesenlands?"

Da sprach für den Freund geschwind der Gefährte:
„Uns sandte Ägi nach Osten fern.
Ein Bräufass möchte des Meeres Gebieter,
Das groß genug für der Götter Durst." –

„Den Kessel des Hymi führt keiner von hinnen,
Der nicht den Kämpen an Kraft übertrifft:
Willst du das Haupt daran, Hlorridi, wagen,
So setz' ich den Kessel als Pfand für den Kopf!"

Bereit war der Gott, mit dem Riesen zu rudern,
Die Kräfte zu messen im Kampf mit dem Meer:
Nach Atzung fürs Fischvolk fragte der Ase,
Dem Köder fürs Wild auf der Wogenflur.

„Troll dich zur Herde, wenn du das Herz hast,
Den wilden Rindern im Riesenwald:
Lockspeise kannst du dort leicht erlangen,
Wie es dem Meerwild zum Mahle taugt."

Wingthor eilte voll Eifers zum Walde,
Dort stand im Gestrüppe des Eisriesen Stier:
Schwarz und zottig, die Zierde der Herde,
Und scharrte voll Wut, wie er Wingthor erschaut.

Da packte ihn Hlorridi stracks bei den Hörnern,
Es röhrte der Bulle, es ruckte der Gott:
Vom Halse riss er das Haupt ihm herunter,
Die zottige Heimstatt des hohen Gehörns.

Bang ward dem Eisriesen, als er sie brachte,
Die blutige Beute, des Bullen Kopf.
„Hin ist mein Liebling, der Leiter der Herde!
Schaden nur", trotzte er, „schaffst du mir, Thor."

Es setzte ans Ruder ins Boot sich der Riese,
Die Stangen knirschten, es knarrte der Kahn:
Fernhin versank in den Fluten das Festland,
Halt machte Hymi auf hohem Meer.

Da zerrte und zuckte es drunten im Zugnetz,
Es wand aus der Tiefe der Thurse das Tau:
Zwei Wale riss er, zwei Wogenriesen,
Triefend hervor an des Tages Licht.

Da griff in die Ruder der rasche Ase,
Die Stangen knirschten, es knarrte der Kahn:
Schnell wie die Möwe über die Meere
Schoß das Gefährt durch die schäumende Flut.

Es schrie der Thurse am Steuer geschwinde:
„Senke die Arme, Ase, halt ein!
Wir rennen hinaus in die endlose Öde,
Wo tief in den Wogen die Weltschlange haust!"

Da hängte der Gott an den Haken den Ankers
Des wilden Bullen gewaltigen Kopf:
Und gierig schnappte die Gottverhasste,
Die Midgardschlange, vom Meeresgrund.

Hastig riss Thor das Tau aus der Tiefe,
Es krachte sein Knie auf des Kahnes Rand:
Da schoss aus dem Wasser der Schädel der Schlange,
Der Rachen gähnte im Riesengrimm.

Zischend tobte, zu Tage gezwungen,
Das Gräuel der Tiefe im Glanze des Lichts:
Es heulten die Wölfe auf weit in den Wäldern,
Die Erde erbebte, die alte, in Angst.

Vom Göttersitz oben auf Asenheims Gipfel
Sprang Odin vom Stuhle und starrte hinab:
Den Hammer schwang Wingthor gewaltig zum Hiebe –
Der Sonne Leuchten erblich und erlosch.

Von Grauen geschüttelt, schrie gellend der Jote
Und schlug mit der Art in die Angelschnur –
Es riss die Schnur, und die Riesin schnellte
Zurück wie ein Fisch in die rettende Flut.

Über den Schlund ob der schwindenden Schlange
Wälzte die Wogen das Weltenmeer.
Die Finsternis scheuchte der Schimmer des Tages,
Es trat die Sonne über die See…

Störrisch saß Hymi heimwärts am Steuer,
Sprach kein Wort auf der weiten Fahrt,
Lenkte mit Arglist das Schiff in die Irre,
Doch Hlorridi ruderte rüstig zum Strand.

Beim Mahle saß Thor mit dem mürrischen Thursen.
„Nun rücke den Kessel mir, Riese, heraus!"
Der Jote aber, im Eigensinne,
Gab sich auch jetzt nicht dem Gotte besiegt.

„Riesenstark magst du mit Recht dich rühmen,
Doch ärger im Kleinen zeigt oft sich die Kraft.
Sieh hier den Weinkelch, die Wonne des Riesen:
Den Kessel bekommst du, zerbrichst du den Kelch!"

Es schleuderte Thor das schimmernde Trinkglas
Wider die Säule im Saale mit Wucht:
Die Strebe durchschlug es, doch ging's nicht zu Stücken,
Heil flog es Thor in die Hände zurück.

Da raunte es leise das Liebchen des Riesen
Über die Tafel dem Asen ins Ohr:
„Schleudre es Hymi hin an den Schädel,
Härter als Stein ist des Störrischen Haupt!"

Da beugte das Knie der Böcke Gebieter –
Es krachte das Trinkglas dem Thurs an den Kopf:
Heil blieb der Knochen, die Hülle des Hirnes –
Zu Splittern zerklirrte der Kelch an der Stirn.

Jammernd erhob sich im Hochsitz der Jote:
„Nun bleibt mir keines, nicht Kessel noch Kelch!"
Nimmermehr ruf' ich beim Riesenfeste:
Brav hast du, Kessel, mein Bier gebraut!

So tragt denn den Teuren hinaus zu der Türe,
So hebt denn den Kessel von hier, wenn ihr's könnt!"
Umsonst war's, als Ty es trotzig versuchte:
So stark er auch stemmte, still stand der Trog.

Da packte ihn Asathor oben am Rande,
Zum Saale stieg er die Stufen hinab:
Hob auf den Kopf sich den Kessel des Hymi,
Es klang um die Knöchel der Henkel Geklirr.

Kraftfroh schritt er zum Kreise der Götter,
Hymis Bräukessel brachte er heim.
Nun trinken die Himmlischen immer im Herbste
Bei Ägi im Saale selig ihr Bier.

Wie Wingthor wund ward

Durch Donnerheims Tore schlich sich der Thurse,
Der Frostriese Hrimni[1] in finsterer Nacht:
Die Göttin ergriff er im glänzenden Saale,
Thrud, die Tochter des grimmigen Thor.

Durch dunkler Wälder wildes Gewoge
Schleppte er schnaubend die Schöne zum Firn.
Fern im Geklüft in der Felsenkammer
Barg er die Asin zuinnerst im Berg.

Es heulte der Wind um die Höhle des Wilden,
Hagel stürmte, es stob der Schnee.
Der Felsriese fauchte in frostiger Halle,
Es dampfte sein Atem aus eisiger Schlucht.

„Nimmermehr schaust du die schimmernden Säle,
Nimmermehr atmest du Asenheims Luft:
Öffne dem Riesen, Asin, die Arme,
Lasse mich schlafen im linden Schoß." –

„Lieber bei Hel, im Lande des Harmes,
Als dem Eisthurs im frostigen Arm!
Höre mich, Vater, in heiligen Fernen,
Riesenvertilger, rette dein Kind!"

Da wälzte von Westen sich Wettergewölke,
Finsternis brauste ins Felsengebirg,

---

1   Einen Riesen Hrimni bringt dieser Mythos in der Überlieferung nicht.
    Das Abenteuer ist dort mit dem Kampfe Thors gegen Hrungni zusammen-
    geschmolzen, vermutlich infolge später Kontamination.

Dumpf erdröhnte des Donners Rollen,
Die Klippen erklangen im toten Geklüft.

Tief in der Höhle der trotzige Hrimni,
Spähend erhob er das struppige Haupt:
Aus steinernen Toren stapfte der Thurse,
Den Wurfstein zackig in zottiger Faust.

Da blitzte es blendend durchs dunkle Gebrause,
Der Gletscher erlohte in grellem Licht:
Über den Ferner zur Felsenhöhle
Stürmte Wingthor im Wetterstrahl.

Bange erbrüllte der bärtige Jote,
Schwirrend schwang er das schwere Geschoß.
Es flog aus den Händen Hrimnis der Felsen,
Es flog der Hammer aus Hlorridis Faust.

Krachend fuhren die Keile zusammen,
Funken spritzten aus Stahl und Stein:
Es barst der Stein, die Splitter stoben,
Der Hammer hieb in des Riesen Hirn.

Im Todeskampfe tobte der Jote,
Schlug mit den Gliedern schmetternd am Grund.
Das taumelte Thor zurück von dem Thursen,
Ächzend griff der Ase ans Haupt.

Im Knochen der Stirn einen Splitter des Steines,
Stürzte zum Gegner am Grunde der Gott:
Auf Hlorridis Schultern schlug aus der Höhe
Schwer wie ein Felsklotz des Felsriesen Fuß.

Stille ward es im weiten Gewände,
Nebel begruben den Gletscher in Nacht.
Es stöhnte der Donnerer nur aus dem Dunkel
Mit wundem Leib unter wuchtiger Last.

Da klang aus der Höhe ein klapperndes Klirren,
Hastige Tritte dröhnten zu Tal:
Vom Firne herab durch die Felsenschluchten
Sprang Hlorridis Tochter um Hilfe für Thor.

***

Über dem Firste der Asenfeste
Ergraute leise des Morgens Geleucht:
Da drang es von ferne aus fahlem Dämmer,
Da schwoll gen Himmel ein heller Schrei.

„Herbei, ihr Asen und Alfen alle,
Schüttelt den Schlaf von den Lidern geschwind!
Angst und Elend den Asensöhnen:
Gefangen liegt Wingthor im Felsengewänd!"

Der Himmelswart vor dem Tore der Halle
Sprang auf die Füße vom Felsensitz.
Heimdall, er hob das Horn an die Lippen,
Der Weckruf hallte von Walhalls Hof.

Über den Giebeln erglommen die Wolken,
Asenburgs Riegel rasselten auf:
Es stoben die Götter auf strahlenden Rossen
Durch rauschende Lüfte ins Riesenland.

***

Unter den Gipfeln am Grunde des Gletschers
Regte sich's wimmelnd in wachsendem Ring:
Um Hlorridi scharten sich schimmernd die Herrscher
Und streckten die Hände in helfender Hast.

Vom wunden Leibe die Last zu wälzen,
Rissen sie ruckend am Riesenbein:
Es wankte und wich nicht auf Wingthors Nacken
Schwer wie ein Felsklotz des Frostriesen Fuß.

Da kam aus den Klüften der Knabe gekletter,
Des Donnerers Jüngster vom Jotenweib,
Götterkräft in den Kindesgliedern,
Riesenstärke in stämmigem Rumpf.

Zu Asathor sprang er mit blitzenden Augen,
Vom Haupte loderte hell das Gelock:
Er packte den Fuß fest an der Ferse –
Mit einem Ruck riss er vom Asen ihn weg!

Zu Boden warf er die wuchtende Bürde,
Der Gletscher erkrachte, es klang das Geklüft.
„Hättest du, Vater, mich früher gerufen,
Den Flegel hätt' ich gefällt mit der Faust!"

***

In Thrudwangs Halle saß Thor, der Herrscher,
Stöhnte, den Splitter tief in der Stirn.
Da trat in den Saal die Seherin sachte,
Groa, die Milde, die Mutter des Grüns.

Vor Hlorridi saß in den Sessel die Holde,
Im Linnengewande das lichte Weib,

Hob die Hände zu heilendem Zauber,
Surrend sang sie den Segensspruch.

Es löste der Splitter sich leis in der Stirne,
Es wich aus dem Hirne das wütende Weh.
Hlorridi hob das Haupt voller Hoffnung,
Ins Angesicht sah er zur Seherin auf.

Da dachte der Gott an den Gatten der Groa,
Den trauten Gefährten auf ferner Fahrt.
Freude erwecken wollte ihr Wingthor
Und sprach ihr vom Lieben, der lange verscholl.

„Weit im Osten der Urgewässer,
Fern in des Eislands ewiger Nacht,
Traf ich einsam den tapfern Orwandil
Ratlos am Rande der reißenden Flut.

Kummervoll stand er auf kahlem Geklippe,.
Es leuchtete schimmernd im Schatten der Leib.
Den Kämpen barg ich im Korb auf dem Buckel,
Trug ihn zum Strand durch den tobenden Strom.

Flimmernd lugte der Fuß des Lichten
Zum Korbe hinaus in die kalte Nacht.
Schimmernd gefror in der Schneeluft, der scharfen,
Die glänzende Zehe, das göttliche Glied.

Vom Fuße brach ich den funkelnden Brocken
Und schnellte gen Himmel als Merkmal ihn heim
Vom fernen Wanderer Walhall zu grüßen –
Da wuchs er erstrahlend im Weltraum zum Stern.

Nun wandert er blitzend am weiten Gewölbe,
Zum Wahrzeichen zuckt dir der zitternde Strahl,
Kündet, dir, Groa, vom kühnen Gatten:
Heim zur Teuren hastet der Held!"

Es sprang aus dem Sessel die Seherin schnelle,
Jäh in die Wangen wogte das Blut,
Die Hände hob sie in hellem Glücke,
Verstört auf der Zunge stockte der Spruch.

Vergessen hatte Groa, die Gute,
All ihre Weisheit im Wonnesturm –
Und immer noch steckt der Splitter, der spitze,
Thor, dem Starken, tief in der Stirn.

Zu Gaste bei Geirröd

Es ragte ferne im Reiche der Riesen
Hoch am Berg eine Burg.
Von Golde glänzte der Giebel der Halle,
Es flammte wie Feuer das Dach.

Zum Lande der Riesen flog Loki mit Listen
In Freyjas Federgewand:
Saß als Falk auf dem funkelnden Firste,
Äugte zur Esse ins Haus.

Drunten im Trinksaal drohte der Thurse:
„Was gafft mir vom Giebel aufs Haupt?
Flink von der Bank, Bursch, auf die Beine,
Fang mir den Vogel am First!"

Keuchend klomm der Knecht am Gebälke,
Kroch übers Dach auf dem Knie.
Stille saß Loki auf lichtem Gestänge,
Heimlich lachte sein Herz.

Es lupfte der Lose leise die Flügel,
Stieß mit den Füßen vom Stand –
Da klebte er flatternd am Kamm mit den Fängen:
Ihn packte des Felsriesen Faust.

Vom Firste herab riss er den Falken,
Trug ihn dem Thursen zum Tisch.
Es fasste der Jote jäh nach dem Vogel,
Lugte ihm lang ins Gesicht.

„Allzu scharf funkeln die Augen dir, Falke,
Sprich, wer birgt sich im Balg?"
Stumm saß der Vogel in störrischem Stolze,
Schweigend blitzte der Blick.

„Sperre im Keller ihn, Knecht, in die Kiste
Ohne Nahrung und Nass:
Hunger bezwang den Hochmut schon häufig,
Demut lehrte der Durst!"

Es schritten die Stunden, es schwanden die Tage,
Es wuchsen die Wochen zum Mond.
Darbend saß Loki in dumpfem Verließe,
Dachte des himmlischen Heims.

Da brachte den Vogel der Knecht vor den Fürsten.
„Wen fingen wir, Stolzer, nun sprich!
Aus welchen Landen mit Wunderlisten
Flogst du im Falkengewand?"

Da hob der Falke das Haupt aus den Flügeln,
Da klang es ihm kühn aus der Brust:
„Hier ist einer der Asenherrscher,
Loki, der Laufey Kind!" –

„Ist hier einer der Asenherrscher,
Loki, der Laufey Kind,
Willst du, Loki, dein Leben lösen,
So schaff' mir nach Thursenheim Thor!

Schaffe mir Wingthor, den Würger der Riesen,
Ohne den Kraftgurt zum Kampf,
Ohne Mjölni, den mächtigen Malmer,
Hier in die Halle zum Herd!"

Schweigend saß Loki in schweren Gedanken,
Lugte ins liebe Licht.
„Löst die Fessel dem Falken vom Fuße,
Nach Thursenheim schaffe ich Thor!"

***

Vor Thrudwangs Halle saß Thor, der Herrscher,
Mit heiterem Antlitz am Hang:
Knisternd am Boden kauten die Böcke,
Hoben das breite Gehörn.

Fernher erblickte ein Flecklein im Blauen,
Es eilte von Osten ein Falk.
„Was schwingst du, Falke, so flüchtig die Flügel?
Loki, Leichtfuß, leg' an!" –

„Gar lange reist' ich im Lande der Riesen,
Fröhlich in Felsenheim:
Des eignen Sitzes in Asgards Saale
Vergaß ich bei Geirröd ganz.

Grün sind die Wege zum Wohnhaus des Geirröd,
Licht und linde die Luft,
Von Golde glänzt der Giebel der Halle,
Es funkelt wie Feuer das Dach.

Alle Tage tafeln die Thursen
Kräftig bei kühlendem Met.
Thor, den Starken in tobendem Streite,
Ladet Geirröd zu Gast."

Froh am Hügel erhob sich der Herrscher.
„Führ' mich nach Felsenheim flink:

Am Mahl mich zu laben, verlangt es mich mächtig,
An tüchtigem Trunk mich zu freuen."

Da redete Loki, der Rasche, mit Listen:
„So lasse den Hammer daheim:
Den Funkelnden fürchten der Felsriesesn Scharen,
Es schwiege die Freude beim Schmaus.

Reise von Hause auch ohne die Handschuh,
Ohne den Kraftgurt zum Kampf:
Sonst denken traurig die Thursentöchter
Der Toten im Kampfe mit Thor."

Hurtig schritten die Himmelsherrscher
Von Asgards Auen zum Grund.
Über das Erdenland eilten die Wandrer
Lange in leuchtendem Licht.

Es sank in die See die Sonne, die rote,
Dämmerung deckte das Land.
Da wuchs aus der Nacht vor den Weggenossen
Zum Himmel das hohe Gebirg.

„Was logst du, Loki, von lichten Landen,
Von Gründen in wonnigem Grün?
Öde ragen die Alpenrücken,
Es steigt in die Wolken der Weg!"

Trat am Tore des Thursengebirges
Hoch aus der Höhle ein Weib:
Die Jotin, die einst Odin umarmte,
Da sie im Bergwald ihn barg.

Grid, die getreue, trat aus den Tannen,
Rief die rauschende Nacht:
„Wie reisest du töricht ins Reich der Riesen,
Asathor, Allvaters Sohn!

Nimm den Stab hier, die starke Stütze,
Winde den Gurt ums Gewand,
Schirme die Hände mit stählerner Hülle:
Es trügt dich der tückische Thurs!"

In fahler Tiefe versanken die Fluren
Hinter Thursenheims Tor,
Drohend reckte sich rings aus dem Dunkel,
Riesiger Riffe Gewänd.

Da klang ein Geheul von den Klippenhöhen,
Da quoll das Gewölk ins Geklüft:
Es rissen des Himmels rauschende Hüllen,
Es brach ins Gebirge die Flut.

Ströme entstürzten dem steilen Gewände,
Stauten sich tosend im Tal:
Es schwanden die Wege in schwemmenden Wogen,
Es sanken die Asen im See.

Am Stabe stemmte sich Thor in den Strudel,
Schrie aus dem schlingenden Schwall:
„Wahrt euch, ihr Wasser, vor Wingthors Grimme,
Wehrt nicht dem Gotte den Weg!"

Da hob sich von hinten an Hlorridis Gürtel
Der hurtige Loki in Hast,
Äugte dem Asen über die Achsel,
Wies ins Gewölke am Berg.

„Siehst du es glotzen droben am Grate,
Der Riesin Antlitz am Riff?
Greip ist's, die grimme, die Tochter des Geirröd:
Stopfe am Quelle den Strom!"

Da tastete Thor hinab in die Tiefe,
Griff durch das Wasser zum Grund:
Krachend riss er die ragende Klippe,
Den zackigen Fels aus der Flut.

Es schwirrte der Wurfstein hoch ins Gewölke,
Vom Berge brach ein Gebrüll:
Hinter der Wolken wildem Gewühle
Am Grate versank das Gesicht.

Stiller rannen und rauschten die Ströme,
Es fielen die Bäche ins Bett.
Des Sturmes Heulen am Himmel verstummte,
Trübe erblinkte der Tag.

Golden erglomm ein Glänzen und Glühen
Droben im dunklen Gewölk:
Schweigend ragte die Riesenfeste
Mit funkelndem Firste am Firn.

Da pochte Thor an der Türe des Thursen:
Die Balken erbebten im Bau,
Rings von den Wänden rollten die Waffen,
Es barst die Türe der Burg.

Hockte hinten im Hochsitz der Halle
Geirröd, der grimme, allein:
Tückisch blitzten des Thursen Blicke
Aus fahlem Dunkel hervor.

„Frühe Gäste auf Geirröds Fluren,
Seid mir, ihr Götter, gegrüßt:
Stärkt am Mahle die müden Glieder,
Labt am Mete den Mut!"

Einsam blinkte ein Becher am Tische,
Stand vor der Tafel ein Stuhl:
Es setzte sich Thor in den Sessel des Thursen,
Reckte die Rechte zum Trunk.

Da rührte sich sachte, da ruckte der Sessel,
Zur Decke stieg das Gestühl:
Ans Dach hin dröhnte des Donnerers Nacken,
Es knirschte das Haupt auf die Knie.

Da stieß er ergrimmend den Stab an die Decke,
Es sträubte die Glieder der Gott:
Die Balken wankten, die Wände bebten,
Es hallte durchs Haus ein Geheul!

Knochen erknirschten, knackten und krachten
Unter dem starken Gestühl:
Vom Giebel dröhnte der Gott zum Grunde,
Es stob um den Asen der Staub.

In blutigem Knäuel zuckten am Boden
Rumpf und gebrochnes Gebein:
Unter dem Stuhle stöhnte im Sterben,
Geirröds Tochter, die Gjalp.

Da sprang aus dem Hochsitz am Herde der Hausherr,
Griff in die glimmende Glut,
Riss aus der Asche den Eisenkeil rauchend,
Warf ihn mit wirbelnder Wucht.

Die Hände streckte in stählerner Hülle
Hlorridi schützend vors Haupt:
Die flammende Waffe fing er im Fluge,
Zückte das zischende Erz.

Bang hinterm Pfeiler barg sich der Jote,
Hinter dem Stein vor dem Stahl.
Klirrend krachte der Keil durch die Säule,
Es schellte der Schädel entzwei.

Einsam am Estrich ragte der Ase,
Stemmte sich stolz auf den Stab.
„Hervor aus dem Winkel, Wandergefährte:
Leer ward, Loki, das Haus!"

Rauchend lag die Leiche des Riesen,
Im Brande brauste die Burg.
Den Felsenweg nieder in funkelnder Frühe
Watete Hlorridi heim.

Hrungni

Es lugte der Tag in die Täler der Thursen,
Die Sonne erblitzte am Berg:
Da trat aus der Halle Hrungni, der Herrscher,
In funkelnder Frühe aufs Feld.

Es bellten die Hunde hungrig vorm Hause,
Es brüllten die Rinder am Rain.
Staunend gen Himmel horchte der Starke:
Es sauste und sang aus der Luft.

„Was hallt aus dem Blau? Was blitzt aus der Höhe?
Wer reitet am Himmel im Helm?
Wer saust im Licht über Länder und Seen
Jäh ob der Joten Gebirg?"

Da hielt am Himmel der hurtige Reiter,
Der Brünne Klirren erklang,
Das Bellen der Hunde vorm Haus verstummte,
Es hallte herab aus der Höh':

„Odin reitet, der Asen erster,
Über den Himmel im Helm:
Es wiehert mein Ross aus dem Rauschen der Wolken,
Sleipni, der hurtigste Hengst!" –

„Der Hengste schnellster ist Hrungnis Renner,
Das weis' ich dir, prahlender Wicht!"
Aufs Ross, aufs schwarze, schwang sich der Riese,
Es schwirrte die Geißel im Grimm.

Schnaubend gen Himmel stürzte der Rappe,
Finsternis flog durchs Gefels –
Hastig huschte über die Höhen
Das Licht vor dem Schatten ins Land.

Es schwand der Goldhelm des Gottes geschwinde
Fernhin in funkelndem Schein,
Hinter ihm dröhnte dunkel am Himmel
Der Riese auf rasendem Ross.

***

Mit blinkenden Giebeln glänzte vom Berge
Walhalls gewaltiger Bau:
Der Himmelswart trat aus dem hohen Tore,
Hielt vor die Augen die Hand:

Helles Gewieher hallte von ferne,
Es schnaubte und stob durch die Luft:
Im Wetterglanze wälzte sich's wütend
Am Himmel zum Götterheim her.

Funkelnd wand sich aus finsterm Gewölke
Ein Reiter auf schimmerndem Ross:
Odin brauste ins bergende Burgtor,
Heervater sprang von dem Hengst.

Da nahte es dunkel in dumpfem Gedonner,
Da raste der Riese heran:
Erbebend bäumte vorm Bau sich der Rappe,
Es hielt der Thurse vorm Thor.

Zaudernd gaffte im Glanze der Riese,
Schüttelte schielend das Haupt:

Da trat aus dem Hoftor der Himmelsherrscher,
Des Speeres Spitze gesenkt.

„Den Gast aus dem Riesenland grüßen die Götter,
Tritt in die Halle zum Trunk.
Heiß war der Ritt auf hitzigem Rosse,
Weit in den Lüften der Weg.

Ferne ist Thor, der Thursenvertilger,
Im Osten am Ende der Welt:
Es harrt auf Hrungni Hlorridis Sessel,
Hlorridis heiliges Horn!“

***

A bend ward es im Asenlande,
Es losch in den Lüften das Licht.
Der Waffen Glanz erglomm an den Wänden
In Asgards seligem Saal.

Freyja, die Schöne mit schimmernden Flechten,
Brachte dem Gaste das Bier.
Hlorridis Gattin mit goldenem Haare
Trug ihm die Speisen zum Tisch.

Schweigend schlang und schluckte der Riese,
Stürzte Hlorridis Horn:
Das Bier im Keller, das kühle, versiegte,
Es schwand aus den Schüsseln der Schmaus.

Trunken ward Hrungni am Himmelstische,
Da schwoll dem Thursen der Trotz.
Die Wirte, die hehren, höhnte der Wilde,
Es reckte der Riese die Faust.

„Nicht lange mehr prahlt ihr auf prunkenden Stühlen,
Winziges Volk, ob der Welt!
Zu Boden reiß ich die Burg von dem Berge,
Im Sumpfe versenk' ich den Saal!

Nur Freyja, die Schöne mit schimmernden Flechten,
Lass ich am Leben allein,
Nur Hlorridis Gattin mit goldenem Haare
Schlepp' ich zur Wonne mir weg!"

Es griff nach den Glänzenden gierig der Grimme,
Es gellte der Göttinnen Schrei:
Auf von den Stühlen stürmten die Asen,
Riefen durchs Toben nach Thor.

Da rollte es donnernd, die Diele erdröhnte,
Burg erbebte und Berg,
In loderndem Lichte lohte die Halle,
Asathor stand in dem Strahl!

Es stoben ums Haupt dem Herrscher die Haare,
Funkelnd flammte der Blick:
Den Hammer schwang der Hrimthursen Schrecken
Hoch überm Haupte zum Hieb.

„Wer rief von den Asen den Unhold nach Asgard?
Wer lud den Thursen zu Tisch?"
Da taumelte jäh von der Tafel der Jote,
Da wich er zurück an die Wand.

„Ewige Schmach dem Asengeschlechte,
Schlägst du beim Schmause den Gast,
Wehrlos im Saale ohne den Wurfstein,
Ohne den schützenden Schild!"

***

Es tobte und toste in Thursenheims Tälern,
Zum Thinge rannte der Riesen Tross:
Vom Gastmahl war bei den glänzenden Göttern
Hrungni, der Herrscher, nach Hause gekehrt.

Es drängte sich murmelnd der Magen Menge,
Es fragte und forschte der Vettern Schar:
„Was blickst du so finster, Felsengebieter?
Was stierst du grimmig zum Grunde und stumm?

Galten mit Spott dir die stolzen Götter,
Höhnten sie Hrungni in Himmelsheim?
Sparten sie geizig am Gast mit dem Biere?
Hat es an Fleisch beim Feste gefehlt?" –

„Nicht sparten sie geizig am Gast mit dem Biere,
Nicht höhnten sie Hrungni in Himmelsheim –
Zum Kampfe rief ich auf Riesenheims Klippen
Beim Streit in der Halle des Hammers Herrn!

Zur ragenden Grenzmark aus rauem Grate
Rief ich Thor in drei Tage Frist:
Übles ahnt mir vom Asenfürsten,
Noch loste kein Thurse sich Liebes von Thor!"

Da steckten die Starken die Stirnen zusammen,
Da riet und raunte der Riesen Volke:
Wie sollten sie Hrungni vorm Hammer behüten,
Thursenheim schirmen vor Thore Geschoss?

Aus Lehm einen Thursen türmten sie listig
Hoch von der Erde zum Himmel hinauf:

Grimmig gaffte das grause Gebilde
Über dem Grate ins Götterreich.

Es schwamm das Gewölk um die Schultern des Wilden,
Es kreiste ums Antlitz der Adler allein.
Doch leider – es ragte reglos der Recke,
Stumm zu den Sternen starrte der Thurs.

Da schleppten die Joten das schnaubende Schlachtross,
Die wiehernde Mähre zum Walplatz herbei:
Der Stute des Hrungni stachen sie hurtig
Heraus zu den Rippen das riesige Herz.

Sie bohrten ein Loch in des Lehmthursen Seite
Und tauchten das Bebende tief in die Brust.
„Nun hast du ein Herz, nun hebe die Hände,
Kämpfe nun, Knecht, kühn mit dem Herrn!"

***

Der Morgen graute. Über dem Grate
Ragten die Recken empor.
In weiter Ferne aus finsterm Gewölke
Rasselte Rädergedröhn.

Den Wurfstein fasste der Felsriese fester,
Stemmte den Schild übers Haupt.
Neben ihm starrte stumm der Genosse,
Der Thurse aus Lehm wie ein Turm.

Blitze sprangen, der Sturm erbrauste,
Es rollte ein Rufen heran.
Übers Gewände wogten die Wolken,
Es schwand von den Spitzen der Schein.

Dichtes Dunkel senkte sich drohend
Über die Riesen am Riff.
Jählings verstummte des Sturmes Getöse,
Stille umstarrte den Grat.

Es duckte sich Hrungni und horchte ins Dunkel
Unter dem schützenden Schild.
„Raffe den Riesenmut, Recke, zusammen,
Asathor naht in der Nacht!"

Donnernd erflammte die Finsternis droben,
Zischend zuckte die Luft:
Von Wolken umwogt, auf dröhnendem Wagen
Raste der Ase herauf.

Geblendet schwankte im Blitzschein der Riese,
Der Felsstein entstürzte der Faust.
Funkelnd flog es aus feurigem Dampfe,
Es schwirrte des Gottes Geschoss.

Es barst der Knall, die Berge krachten,
Es wankte der Felsen Gewänd:
Am Boden wälzte der Bergthurs die Glieder,
Den Hammer im rauchenden Hirn.

Da stand dem Gefährten am Felsenkamme
Das hüpfende Stutenherz still:
Vor Ängsten nässte der Unhold nieder,
Es rieselte rauschend und rann.

Es senkte der Held in der Höhe sich sachte,
Es bog sich erweicht das Gebein:
Zum Grate klatschte krachend der Körper,
Es tosten die Trümmer zu Tal.

Aus Schluchten und Schlünden schrie es erschrocken
Rings in Riesenheims Reich.
Ferneher klang es von Asenheims Klippen:
Es jauchzte der Himmlischen Heer.

Alwis' Freite

Vom Waffengang kehrte auf wildem Gewässer
Asathor einst aus der Eisriesen Reich:
Da hatten die Herrscher Hlorridis Tochter
Alwis, dem Zwerge, mit Eiden gelobt.

Vom Himmelssitze sollte die Herrin
Hinab in die Tiefe zur tückischen Schar,
Die unter dem Boden sich birgt in den Bergen,
Im Strahle des Lichtes zu Stein erstarrt.

Es trat in die Halle der Thursen Vertilger,
Dröhnend hallte Diele und Dach.
„Treulos trogt ihr den Tischgenossen,
Des Gottes Kind vergabt ihr um Gold!

Nimmermehr heb' ich den hallenden Hammer
Wider die Thursen in tobendem Kampf:
In Asenheim sollen Eisriesen hausen,
Mit Frevel besudeln der Seligen Sitz!"

***

Nacht ward's drunten im Nebelreiche,
Da fuhr es knarrend aus kaltem Geklüft:
Rasselnd im Finstern rollten die Räder
Über die Berge zur Asenburg.

Vorm Himmelsbau hielten die hurtigen Renner
Mit blinkenden Mähnen in bleichem Licht.
Es sprang aus dem Wagen der Wichte Gebieter,
Hüpfte am Stabe die Stufen hinan.

Vorm ragenden Tore reckte sich trotzig
Der flinke Freier im Flimmerschein.
Schrillen Rufes schwang er die Rechte,
Schlug an die Türe schallend den Stab.

„Schmücke mir, Bräutlein, zum Bierschmaus die Bänke,
Fort mit mir hurtig von hier!
Höhnt nur, er hat's mit dem Heiraten hastig:
Ruhe hab' ich daheim!"

Es knirschten die Angeln, es klaffte die Tür auf,
Es fuhr geschwind auf die Schwelle der Zwerg:
Da lag im Mondschein lautlos die Halle,
Verlassen starrte das stolze Gestühl.

Einsam im Hochsitz nur hinten am Tische
Harrte im Schatten schweigend der Gott:
Drohend ragte im Dunkel der Donnrer,
Den funkelnden Hammer in harter Faust.

„Wer bist du, Bursch, mit der Nase so bleich?
Lagst du bei Leichen die Nacht?
Einem Reifriesen gleich ragst du vom Grund:
Wie taugte die Asin zum Thurs!" –

„Alwis heiß ich, unter der Erde
Haus' ich in hohlem Stein.
Um Waffenschmuck tausch' ich zum Weib mir die Traute:
Brecht nicht beschworenen Bund!"

„Ich breche den Bund, denn es bindet die Braut
Nur mein waltendes Wort.
Auswärts schweifte der Schutzherr im Eisland,
Als man die Schöne verschenkt." –

„Wer ist der Flegel? Wer rühmt sich so frech
Seiner, Gewalt übers Weib?
Es kennt dich, Strolch, wohl kaum einer hier:
Welch Bettelweib warf dich am Weg?" –

„Wingthor heiß ich, weithin wanderte
Langbarts Sohn durch das Land.
Die Tochter zum Weibe weigr' ich dem Wichte,
Dir fahl in der Finsternis haust." –

„Mit Asathor will ich mich eilig versöhnen,
Dein Wort, ich gewinn es geschwind:
Mein muss sie sein, ich mag sie nicht missen,
Die Schöne, so weiß wie Schnee!" –

„Des Mägdleins Gunst, die du gar so begehrst,
Sei, weiser Zwerg, dir gewährt,
Kündest du klug aus dem Kreise der Welten,
Was mich zu wissen verlangt.

Sage mir, Alwis, alles was atmet,
Kennst du, Weiser, gewiss:
Wie heißt die Erde unter dem Himmel
Rings in den Reichen der Welt?" –

„Erde bei Menschen, Ebne bei Asen,
Beim Wanenvolk Wegeheim.
Bei Alfen die Sprossende, Allgrün bei Riesen,
Rotgrund in Himmelshöhn." –

„Sage mir, Alwis, alles was atmet,
Kennst du, Weiser, gewiss:
Wie heißt die Wolke, die wetterschwangre,
Rings in den Reichen der Welt?" –

„Wolke auf Erden, Windschiff beim Asen,
Beim Wanenvolk Wettersitz,
Regentrost heißt sie in Riesenheimen,
Der Helm des Verhüllten bei Hel." –

„Sage mir, Alwis, alles was atmet,
Kennst du, Weiser, gewiss:
Wie heißt das Meer, das die Männer befahren,
Rings in den Reichen der Welt?" –

„Allweite heißt das Meer bei den Asen,
Beim Wanenvolk Wogenwelt.
Aalheim beim Thursen, beim Alfen die Tränke,
Die rauschende Tiefe beim Troll." –

„Sage mir, Alwis, alles was atmet,
Kennst du, Weiser, gewiss!
Wie heißt die Nacht, der Nornen Geschwister,
Rings in den Reichen der Welt?" –

„Nacht auf Erden, Nebel beim Asen,
Die hehlende Hülle bei Hel,
Des Lichtes Räuber beim leidigen Riesen,
Die Traumhere beim Troll." –

„Sage mir, Alwis, alles was atmet,
Kennst du, Weiser, gewiss:
Wie heißt der Himmel, der hochgewölbte,
Rings in den Reichen der Welt?" –

„Der Allumhüller heißt er beim Asen,
Windweber beim Alf,
Heiterdach heißt er und Hochheim beim Riesen,
Die Traufe beim trotzigen Troll." –

„Sage mir, Alwis, alles was atmet,
Kennst du, Weiser, gewiss:
Wie heißt der Mond überm Menschenvolke
Rings in den Reichen der Welt?" –

„Mond auf Erden, Milchglanz beim Asen,
Die hohe Scheibe bei Hel.
Der ewige Wandrer beim Wanenvolke,
Der Zeitenzähler beim Alf."

Sinnend verstummte im Sessel der Starke,
Zum Burgtore wandte Wingthor den Blick:
Bleich in die Tür blinkte das Frühlicht,
Da drang aus dem Dunkel des Donnerers Wort:

„Vieles fragte ich, viel erfuhr ich,
Künde mir, Alwis, noch eins:
Wie heißt die Sonne am Himmelssitze
Rings in den Reichen der Welt?"

Im Zwielicht zuckte der Zwerg zusammen,
Zögernd kam es aus zagem Mund:

„Siedeglut heißt bei den Asen die Sonne,
Allklar in Alfenheim,
Das heilige Rad im Heime der Riesen,
Zwergentod heißt sie bei Hel."

Da hob das Haupt in der Halle der Herrscher,
Der Hammer erklirrte in Hlorridis Hand:

„Nie hört' ich noch, Alwis, aus einem Munde
Runenreime so reich!
Mit Trugreden narrte dich Thor die Nacht durch:

59

Es stieg aus der Tiefe der Tag,
Die Sonne scheint in den Saal!"

Erschrocken wandte der Wicht sich im Schatten –
Und gaffte geblendet ins blanke Licht:
Es stockte das Blut, es brachen die Blicke,
Zum Steinbild erstarrte des Zwergen Gestalt.

Thor bei den Joten jenseits der Welt

Einst saßen die Asen alle beim Mahle,
Die Asinnen saßen alle beim Schmaus.
Da rieten die Götter und raunten darüber,
Wer in der Welt der Gewaltigste wär.

Den Becher schwenkte der bärtige Bragi.
„Wir Asen walten ob aller Welt:
Der erste ist Odin unter den Edlen,
Thor ist der Stärkste in tobendem Streit!"

Da sprach der Weise vor Walhalls Tore,
Heimdall, der Hüter der Himmelsburg:
„Von Asgards Höhe über die Tiefe
Äuge ich weithin ans Ende der Welt.

Hinter den Landen in leuchtendem Lichte
Haust im Osten der Eisriesen Heer:
Über die Wogen des Weltenmeeres
Wagte noch niemand den Wilden zu nahn."

Vom Stuhle sprang Thor, der Thursen Vertilger:
„Auf, Thialfi, vom Trunke am Tisch!
Richte der Felsrenner rasches Gefährte:
Wir ziehn zu den Joten jenseits der Welt!"

Da sprach der Leichtfuß, Loki, der Lose:
„Nehmt auf das Meer zum Genossen mich mit.
Weit sind die Wege zum Lande der Wilden,
Loki geleitet mit List euch ans Ziel."

Sie führten die Springer hervor aus dem Stalle,
Sie spannten die Schnellen zum Strange geschwind:
Die Böcke rannten, die Berge bebten,
Es hielt der Wagen am Weltenmeer.

Der Donnerer zauste der Zottigen Nacken,
Hinab in die Brandung rollte das Boot:
Es rauschte der Kiel, die Ruder, sie knarrten,
Es sank das Land in dies salzige See.

Neun Tage, neun Nächte trug sie der Nachen,
Der Sturmaar kreischte auf kaltem Meer.
Am Steuer saß Loki, lenkte nach Osten,
Da stieg aus den Fluten der Felsenstrand.

Nacht war's – am Lande rauschten die Lüfte,
Finster ragte der riesige Forst.
Gipfelhoch wuchsen die Wipfel vom Grunde,
Starrten bis dicht zu den Sternen hinan.

Spähend tappten im Tanne die Götter,
Irrten im Dunkel durchs dichte Gestrüpp.
Da fand im Finstern der forschende Loki
Wie eine Höhle ein weites Haus.

Dunkel gähnte im dichten Grase
Ohne Türe der tiefe Schlund.
Zum Gang hinein riefen die göttlichen Gäste:
Schweigend harrte das hohle Gehäus.

Über die Schwelle schlüpften die Asen,
Da schnob es gewaltig vom Walde heran:
Der Boden wankte, die Wände bebten,
Wie im Sturme ein Schiff schwankte der Bau.

Da flohen zuhinterst ins Haus die Gefährten,
Und Asathor saß in Sorgen allein:
Die Hand am Hammer hielt er im Gangschlund,
Spähte durchs Dunkel ins dumpfe Gedröhn.

Am Himmel erglänzte des Hengstes Mähne,
In falbem Scheine des Tages Gefährt:
Unter die Tannen trat Thor aus dem Flure,
Da schnob vor dem Haus ein gewaltiges Haupt.

Schnarchte ein Unhold, die Augen geschlossen,
Weithin im Walde wand sich der Rumpf:
Der Odem brauste, die Erde bebte,
Die Bäume bogen zum Boden sich hin.

Asathor spannte den Stärkegurt enger,
Hlorridi streckte sich hart in die Höh':
Mjölni schwang er, den mordgrimmen, mächtig;
Da schlug die Augen der Unhold auf.

Reckte den Schädel – da ragte ein Fels auf!
Wälzte den Rumpf auf – da wuchs ein Berg!
Der Riese glotzte, der Rachen gähnte.
„Wo schwand im Schlafe der Handschuh mir hin?"

Er rieb die Augen, sah rings im Kreise –
Und hob aus dem Grase das hohle Gehäus:
Da kam es gar flink aus dem Flurgang geklettert,
Da stürzten die Götter strauchelnd zum Grund.

Es schwang in den Lüften ihr Schlafhaus der Schlimme,
Hielt am Däumling den Handschuh verdutzt.
„Was treibt ihr Tröpflein im Fäustling des Thursen?
Wie heißt ihr Männlein unten im Moos?"

Da redete Loki mit Listen zu Riesen:
„Fremde sind wir auf ferner Fahrt.
Willst du ins Ostland den Weg uns weisen,
Hin zu den Joten jenseits der Welts?" –

„Den Weg, ihr Wichtlein, den will ich euch weisen,
Hin zu den Joten jenseits der Welt:
Reicht nur die Reisekost mir in den Rucksack,
Dass ihr es leichter drunten erlauft!"

Es schritt der Unhold oben im Lichte,
Unten eilten die Asen im Moos.
So trabten sie tüchtig den Tag, den vollen,
Bis dunkel zum Saumpfad die Dämmerung sank.

Da warf der Riese den Rucksack nieder,
Grunzend dröhnte der Grimme zum Grund.
„Schlafen will ich; schmaust, ihr Wichte,
Löst den Knoten zur leckern Kost!"

Hungrig klomm Hlorridi hoch an dem Esssack
Der Donnerer bückte zum Bund sich in Hast:
Riss an den Fesseln fest mit den Fäusten,
Doch rückten die Riemen und rührten sich nicht.

Unter der Eiche schnarchte der Unhold,
Der Boden dröhnte, es bebte der Baum.
Wild ward Wingthor, warf das Haupthaar,
Der Feuerbart flammte empor.

Mjölni schwang er, den mordgrimmen, mächtig
Und schnellte ihn schmetternd dem Schläfer aufs Haupt.
Da schnaubte der Riese und schielte ins Laubdach:
„Fiel ein Blättlein, ein falbes, vom Baum?"

Er wälzte den Rumpf, er wandte die Glieder,
Er schnarchte von neuem und schnob im Schlaf.
Da hob den Wurfhammer Hlorridi wieder,
Zielte gar scharf aufs Schädelgewölb.

Blitzend zuckte der Blanke durchs Dunkel,
Dröhnte aufs Haupt mit dumpfem Gekrach:
Tief im Scheitel tauchte er unter –
Da rümpfte die Nase und nieste der Thurs.

„Die Eicheln fallen herab von den Ästen:
Mitternacht, mein' ich, muss es bald sein!"
Er wälzte den Rumpf, er wandte die Glieder,
Er schnarchte von neuem und schnob im Schlaf.

Da packte der Donnrer zum dritten Male
Mit harten Händen des Hammers Schaft,
Schwang überm Haupte ihn hoch in den Lüften,
Warf ihn wütend mit wirbelnder Wucht.

Blitzend schwand er im Schläfenbeine,
Schlug bis zum Schaft in den Schädel hinein.
Da zuckte der Thurs mit dem zottigen Haupte
Und blickt blinzelnd ins Blätterdach.

„Die Vögel misten, der Morgen dämmert,
Auf ihr Recken, 's ist Reisezeit!
Seht ihr es blinken hinter den Bäumen?
Dort schimmert endlos der Eisriesen Reich.

Es ragt die Burg überm Bergesrücken,
Es glänzt überm Gletscher von Golde das Dach.
Dort hausen des Hochlands herrlichste Helden,
Der Joten Gewaltigste jenseits der Welt.

Drum lasst euch vom Riesen, ihr Recken, beraten:
Haltet die Zungen dort züchtig im Zaum!"
Da trollte nach Norden der trotzige Thurse,
Nach Osten eilten die Asen hinan.

***

Es klommen die Asen durch eisige Klippen
Im jähen Gewände jenseits der Welt.
Abend ward es im öden Ostland,
Da ragte die Burg in den Bergen auf.

Es hob sich im Zwielicht das Zaunwerk gen Himmel,
Es schwand der Giebel in grauem Gewölk.
Kein Rüde bellte vorm Bau der Riesen,
Kein Wächter harrte auf weitem Hof.

Es blinkte hoch ob den Häuptern der Asen
Am Gittertore der Riegel von Gold.
Vergebens hoben die Herrscher die Hände,
Vergebens streckte und stemmte sich Thor.

Da schmiegten die Götter sich schweigend durchs Gitter,
Schlichen zur Halle, hielten vorm Haus:
Da brauste der Joten Gejohl aus dem Saale,
Der Thursen Getös aus der offenen Tür.

Es ragten die Riesen rings auf den Bänken,
Mit zottigen Bärten beim Biergelag:
Unhold an Unhold, die üblen Gesellen,
Schulter an Schulter, das schlimme Geschlecht.

Darüber im Hochsitz hockte der Alte,
Aus Urzeiten der Ostlande Herr:

Schimmernd starrte der schneeige Scheitel
Über der wilden Schädel Gewog.

Asathor spannte den Stärkegurt enger,
Hlorridi reckte sich hart in die Höh':
Ins Dröhnen und Jauchzen der Joten droben
Drang aus der Tiefe des Donnerers Ruf:

„Horcht, ihr trotzigen Thursentrinker,
Gönnt im Saale den Gästen Sitz!"
Da stutzten die Starken, streckten die Köpfe
Und wiesen einander die Wichtlein am Grund.

Über die Schulter schielte der Alte,
Bleckte grinsend das grimme Gebiss.
„Was für ein Knirpslein kommt dort gekrochen?"
Da barst das Gelächter, es bebte der Saal.

Wild ward Wingthor, warf das Haupthaar,
Der Feuerbart flammte empor.
„Hier ist Wingthor aus Walhalls Sälen,
Hier ist der Hammer, der Hrimthursen Schreck!" –

„Ist Thor in der Halle, der Thursenvertilger?
Größer, wähnte ich, wäre der Gott!
Sollen wir Riesen beim Biere euch rücken,
So weist ihr Asen uns erst, was ihr könnt!"

Da trat vor den Thursen, Thialfi, der Schnelle:
„Wohl bin ich der kleinste der Kämpen im Saal,
Doch lauf' ich mit Heervaters Hengst um die Wette,
Wenn er wiehernd zur Walstatt stürmt."

Über die Schulter schielte der Alte,
Bleckte grinsend das grimme Gebiss.
Hinter ihm harrte der hurtige Schenke
Schlanken Gebeines, der schmächtige Bursch.

„Horche, Hugi, Heil ist gekommen:
Den Taugenichts schalten die Thursen dich stets –
Nun rast durch den Hof, ihr Helden, im Ringe,
Weist uns, wer schneller die Schenkel bewegt!"

Sie sprangen geschwind auf die Schwelle zusammen,
Sie senkten die Schultern: da sausten sie schon.
Rasch wie der Edelhirsch rannte der Ase,
Es stob der Thurs wie die Wolke im Sturm.

Dem Gegner entwich er wirbelnd ins Weite
Und schnaubte von neuem im Nacken ihm schon:
Erstmals ereilte den Ausgang Thialfi,
Zum drittenmal flog ihm der Flinke vorbei.

Es scholl von den Tischen der Thursen Getöse,
Grinsend grölte der grimme Tross:
„So schnell wie der Ase schleichen die Schnecken
An Regentagen in Riesenland!"

Da trat aus der Reihe der Reisegenossen
Loki kecklich, der Laufey Kind,
Stemmte die Hand stolz in die Hüfte,
Rief zum Herrscher im Hochsitz rasch:

„Es schmaust in Walhalls schimmernden Sälen
Alle Tage der Asen Schar –
Kommt, der Kinnbacken Kraft zu erproben,
Wer tüchtiger tafelt, wer tapferer schlingt!"

Vorm Feuer am Estrich mit funkelnden Augen
Kauerte rußig der Küchenknecht.
„Auf, vom Lager, Lungerer Logi,
Zeige der Zähne zehrende Kraft!"

Sie schleppten zum Schmause die Schüsseln, die weiten,
Sie füllten die Tröge, die tiefen, mit Fleische
Es schlang der Ase das Fleisch aus den Schüsseln,
Da fraß auch den Trog noch der Thurse hinab.

Es scholl von den Tischen der Thursen Getöse,
Grinsend grölte der grimme Tross:
„Wie schonen ihr Zahngebein zärtlich die Asen,
Wie schwindet die Esslust ihnen so schnell!"

Da trat aus der Reihe der Reisegenossen
Wingthor selber mit wuchtigem Schritt,
Stemmte die Hand stolz in die Hüfte –
Die Riesen verstummten, der Donnerer rief:

„Vieles schaffte ich, vieles schaut' ich,
Wanderte weithin durchs Weltenheim –
So tiefen Trunk wie Thor tut keiner,
Wo man beim Bierschmaus die Becher schwingt."

Da trug der Schenke geschwind in den Armen
Des Thursen Trinkhorn, das volle, vor Thor,
Von mäßiger Größe, nur manneshoch war es:
Mit beiden Händen hob's Hlorridi hoch.

Blickte durstig ins dunkle Gewoge,
Setzte mächtig den Mund an und sog:
Es schlang der Schlund und schluckte gewaltig –
Doch wich vom Barte die Bierflut nicht.

Er ließ vom Rande, er rang nach Atem,
Er zog von neuem mit Zorneskraft:
Da fiel die Flut im Gefäße ein wenig,
Es sank das Nass einen Nagel breit.

Zum drittenmal hob er das Horn in die Höhe,
Dehnte und spannte zum Springen die Brust:
Es schwollen die Adern dem Odinssohne –
Da fiel die Flut – einen Finger lang fast.

Finster blickte der Böcke Gebieter
Wie zur Winterszeit Wettergewölk.
„Hab' keine Lust, länger zu trinken,
Weise mir, Eisthurs ein anderes Werk!"

Unter der Bank vor, über den Boden
Strich es schnurrend mit steilem Schweif:
Von mäßiger Größe nur, manneshoch grade,
Kroch des Thursen Katze zum Tisch.

„So hebe mein Kätzlein hier in die Höhe,
Die Knaben üben daran ihre Kraft!"
Es packte das Tier der Thursenvertilger,
Stemmte es aufwärts mit starkem Arm.

Da reckte die Katze klagend den Rücken,
Krümmte biegsam den Buckel zum Kreis,
Lupfte vom Estrich die eine der Pfoten,
Doch standen am Flure die anderen fest.

Wild ward Wingthor, warf das Haupthaar,
Der Feuerbart flammte empor.
„Auf, ihr Riesen alle, zum Ringen!
Thurse um Thurs, zum Kampfe mit Thor!"

Schweigend schauten der Unholde Scharen;
Vom Hochsitze rief der Herrscher herab:
„Gar groß sind die Mannen gegen euch Götter:
Elli, du alte Amme, herbei!"

Da schlurften und schleppten Schritte im Gange,
Da rasselte ächzend der Riegel auf:
Eiskalt hauchte ein Atmen herüber,
Es stand in der Türe die Thursin stumm.

Schneeweiß hing ihr das Haar vom Haupte:
Das Kinn, das bleiche, zu Boden gebückt,
Rückte sie langsam heran zu den Riesen,
Starrte aus toten Augen auf Thor.

Es griff der Gott um der Greisin Rücken,
Wand um die Amme der Arme Gewalt,
Zog, dass die Knochen im Leibe ihm, knackten,
Ruckte und riss – sie rührte sich nicht:

Hob die kalten, knöchernen Arme,
Haschte mit harten Händen nach Thor:
Krachend stürzte der Gott aufs Knie hin,
Die Halle erdröhnte, es bebte das Haus.

Die Riesen erbrüllten bang auf den Bänken,
Es fuhr im Hochsitz der Herrscher auf.
„Nun schautest du, Thor, der Thursen Stärke,
Ferne im Osten der Eisriesen Macht!"

***

Am Himmel erglänzte des Hengstes Mähne,
In fahlem Schimmer des Tages Gefährt,
Da ging aus der Türe der Thurs mit den Gästen
Ließ die Götter zum Gatter hinaus.

„Nun hört es zum Abschied, ihr Asensöhne:
Mit Trugwerk hat euch der Thurse betört.
Seht mir ins Auge, Odinsgesellen,
Wer wies euch im Walde zum Eisland den Weg?"

Die Riemen am Rucksack des Riesen zu lösen,
Gabst du dir, Gott, vergebene Müh':
Ihn schlossen die Fesseln des ewigen Frostes,
Der klammernden Urkälte eisige Kraft.

Die Bergwand schob ich als Schild vor den Schädel,
Als nach dem Haupte dein Hammer mir flog:
Seht ihr die Täler, die tiefen, dort klaffen?
Die Male hieb Mjölni ins Mark dem Gewänd!

Und abermals traft ihr als Eisriesenalten
Den Waldgenossen auf waltendem Sitz.
Vergebens versuchter den Wettkampf ihr Götter:
Im Burgsaal umgaukelte Blendwerk den Gast.

Hugi, mein Diener, des Herrschers Gedanke,
Flinker fliegt er als Vogel und Pfeil.
Es maß mit Logi, der lodernden Flamme,
Loki der Zähne zehrende Kraft.

Es mündete drunten im Meere mein Trinkhorn –
Da tatest du, Thor, einen tiefen Trunk:
Stürzend wichen die Wogen vom Strande,
Es fiel zur Ebbe abwärts die Flut.

Vom Grunde des Meeres die Midgardschlange
Schwangst du als klagendes Kätzlein empor:
Es fuhr ihr Rücken herauf aus den Fluten,
Bange erbebte uns allen die Brust.

Mit Elli rangst du, das war das Alter,
Das alle Wesen in Weltenheim zwingt:
Helheims Scharen, sie horchten erschrocken,
Ächzend wankte der Weltenbaum.

Staunend erkannten die Kämpen im Eisland
Der kühnen Gäste Göttergewalt:
Thursenheim schließe die schimmernden Tore,
Zum letzten Mal saht ihr den leuchtenden Saal!"

Den Hammer schwang Hlorridi hoch in die Lüfte,
Da schwand ihm vorm Auge der Alte hinweg:
Es standen in kahlen Klippen die Götter,
Im Eisgebirge, im öden, allein.

Wie Skirni für Frey warb

Njörd: „Erhebe dich, Knecht, und hole mir Kunde,
Was sorgt meinen einzigen Sohn?
Frage und forsche schnell bei dem Fürsten,
Was wohl den Guten vergrämt." –

Skirni: „Mit Scheltworten, wähne ich, schickt er mich weiter,
Hol' ich mir Kunde vom Herrn,
Frage und forsche ich schnell bei dem Fürsten,
Was wohl den Guten vergrämt."

Zum Herrscher schritt in die Halle Skirni,
Es rief von der Schwelle der Rasche herab:

„Sage mir, Frey, Volkwart der Götter,
Was mich zu wissen verlangt:
Was sitzest du einsam im öden Saale
Die langen Tage in Leid?" –

„Wie soll ich, mein Knabe, den Kummer dir sagen,
Des Herzens gewaltigen Harm?
Der Alfen Gestirn, es strahlt allen Asen,
Nur mir nicht zu Liebe und Lust." –

„So groß ist kein Kummer im Kreise der Welten,
Mir kannst du getrost ihn vertraun:
Kinder an Alter, seit Urtagen
Hielten wir hilfreich uns Treu." –

„Vor Gymis Saale sah ich es gehen,
Das Weib, das mir Sehnsucht geweckt:
Fernehin glänzten der Göttlichen Arme,
Es leuchteten Lüfte und Land.

Heftiger treibt's mich zur Thursentochter
Als je einen Jüngling zur Magd –
Doch will sie von Asen und Alfens nichts wissen,
Im Burgsaal von Flammen umbraust." –

„So leih' mir das Ross, das über die Lohe
In steilem Sprunge mich schwingt,
Und das sausende Schwert, das von selber zuschlägt
In des Furchtlosen Faust."

„Ich leih' dir das Ross, das über die Lohe
In steilem Sprunge dich schwingt,
Und das sausende Schwert, das von selber zuschlägt
In des Furchtlosen Faust." –

Der Abend sank auf die Sitze der Asen,
Da schritt der Schnelle zum scharrenden Ross:
Er klopfte dem Renner den Hals mit der Rechten,
Zum Hengste sprach der hurtige Held:

„Finster ist's draußen, nun gilt es zu fahren
Fern über feuchtes Gefels,
Fernhin zum Frostriesenvolk:
Wir streiten zusammen, wir sterben zusammen,
Fällt uns der tückische Thurs."

***

Über dem Eise der endlosen Öde
Ragte am Berge der Riesen Burg.
Dort hauste herrisch in hoher Halle
Gerda, die Spröde, des Gymi Spross.

Brausend wälzte sich rings um den Burgwall
Mit mächtigen Flammen das Feuermeer,
Ruhelos rannten die gierigen Rüden
Mit wildem Gebell um den wogenden Brand.

Es rühmte sich trotzig die Tochter des Riesen:
„Die Lohe lodert, es lacht mein Herz.
Der Götter spott' ich auf goldenen Stühlen!
Wer ist es, der Gerda den Gürtel löst?"

Am Wiesenhügel, weit vor dem Hause,
Rastete heiter der Riesen Hirt,
Blies auf dem Rohre den ruhenden Rindern
Mit linden Lauten ein lockendes Lied.

Da hob sich am Weg eine wirbelnde Wolke,
Da sprengte ein Reiter im Sturme heran:
Es strahlte sein Helm durch die Hülle des Staubes,
Er schwang in der Rechten ein schimmerndes Schwert.

„Sage mir, Hirte auf hohem Hügel –
Dir, Wegegewandter, ist's kund –
Wie ging es wohl, Botschaft an Gerda zu bringen
Vor den Hunden in Gymis Gehöft!" –

„Bist du ein Spuk, oder strebst du zu sterben,
Held auf dem schnaubenden Hengst?
Nimmermehr bringst du Botschaft an Gerda
Vor den Hunden in Gymis Gehöft!" –

„Wagen ist besser als bange wägen
Dem Mann, der ins Ferne fährt.
Bestimmt ist mein Tag auf die Stunde des Todes:
Ein Wicht, wem das Leben zu lieb!"

***

Es saß in der Kammer im Kreise der Mägde
Auf goldenem Stuhle Gerda und spann.
Da stockten am Faden die fleißigen Finger,
Staunend erhob die Stolze das Haupt.

„Was höre ich hallen vom Hirtenhügel,
Was dröhnt und donnert zum Haus?
Der Boden schüttert, die Balken beben,
Es wankt des Saales Gewölb!"

Die Magd: „Dort steigt ein Recke von Rossesrücken,
Bindet die Zügel zum Zaun.
Er schwingt ein Schwert, ein schimmerndes, scharfes:
Mutig dünkt mich der Mann." –

„Heiß' in die Türe den Helden treten
Und kosten vom kühlenden Met.
Doch ahnt mir, es schreitet jetzt über die Schwelle,
Ein Gast, der mir Grimmes bringt.

Bist du ein Alf oder bist du ein Ase?
Ein Weiser aus Wanengeschlecht?
Wie fuhrst du allein durch die lodernden Flammen,
Die schimmernden Säle zu schaun?" –

„Kein Alfe bin ich, kein Ase bin ich,
Kein Weiser aus Wanengeschlecht:

Doch fuhr ich allein durch die lodernden Flammen,
Die schimmernden Säle zu schaun.

Elf der Äpfel, alle von Golde,
Geb' ich dir, Gerda, zum Gruß,
Um dein Gefallen dem Frey zu erkaufen,
Dass dir kein Lieberer lebt." –

„Die Äpfel von Golde begehre ich nicht,
Will nicht zum Gatten den Gott.
Hausen werd' ich in Asenheims Hallen
Nie mit dem Sohne des Njörd!" –

„Ich schenk dir den Ring aus der rauchenden Lohe,
Da Balder zu Asche verbrannt:
Es träufen vom Alten acht ebenso teure
Jegliche neunte Nacht." –

„Ich will nicht den Ring aus der rauchenden Lohe,
Da Odins Erbe verbrannt.
Gold genug gibt es in Gymis Gehöfte,
Das teilt mit der Tochter der Thurs!" –

„Siehst du das Schwert, das schimmernde, scharfe,
Hier in der hurtigen Hand?
Vom Halse hau' ich das Haupt dir herunter
In störrischem Stolze verstockt!" –

„Den Grimm und die Gunst der Götter veracht' ich,
Beuge mich keinem Gebot.
Das sagt mir der Geist, wenn Gymi dich findet,
Mein Vater, so kommt es zum Kampf!" –

„Siehst du das Schwert, das schimmernde, scharfe,
Hier in der hurtigen Hand?
Es stürzt von der Schneide des starken Stahles
Der alte Thurse zu Tod.

Dich zwinge ich mit der Zaubergerte
Dem Willen der Götter zu Wunsch:
In schaurige Öden bann' ich dich elend,
Dort atmet kein Irdischer mehr.

Mit greulichen Unholden sollst du dich gatten
Oder einsam vergehn:
Verderben sollst du, so wie die Distel
Droben im Dachraum verdorrt!

Zur Wiese ritt ich im Wunderwalde
Heut um den heiligen Stab:
Ich suchte und fand ihn im finsteren Forste,
Ich holte den heiligen Stab!

Gram ist dir Odin, gram ist dir Asathor,
Frey, der Fürst, ist dir Feind:
Verworfenes Weib, erwachsen ist dir
Der Götter gewaltiger Grimm.

Hört es, Frostriesen, hört es, Felsriesen,
Ihr Söhne der Siedeglut, hört:
Wie ich verbiete, wie ich verbanne
Freude am Manne der Magd,
Frucht vom Manne der Magd.

Zum Weibe hole dich Hrimni, der Wilde,
Hinab in die Unterwelt.
Tag für Tag zur Totenhalle

Wanke willenlos,
Wanke wonneleer.

Im Wurzelwald heische von wüsten Hirten
Als Gabe dir Geißenharn.
Bessere Nahrung biete dir niemand
Vom Anfang zum Ende der Welt!

Drei Runen schnitz' ich dir, schicksalsschwere:
Unrast, Ohnmacht und Angst –
Die sollen dir folgen, wohin du dich flüchtest!
So wünsch' ich und will ich es, Weib.
So wünschtest und wolltest du's, Weib." –

„So nimm denn, Bote, zum Gruße den Becher
Voll von feurigem Met.
Doch meinte ich nimmer, mich neigen zu müssen
Dem Gatten aus Göttergeschlecht!" –

„Botschaft will ich, gewisse, erbringen,
Ehvor ich von Felsenheim fahr':
Wann wirst du und wo dem Waffengewaltigen
Nahen, dem Sohne des Njörd?" –

„Blütenwald heißt er, am Bergeshange,
Der Liebe heimlicher Hain:
Dem Sohne des Njörd gönnt nach neun Nächten
Gerda dort ihre Gunst."

Von Odin

Wie Odin sein Auge verlor

Im Hause des Schirmherren schliefen die Helden,
Die Glut der Scheite verglomm.
Es saß mit dem Gaste, dem greisen, im Saale
Arngrim, der Herrscher, allein.

„Vom Anfang der Zeit und dem Ende der Erde
Rauntest du, göttlicher Gast.
Lauschend lernt' ich in langen Nächten;
Weise mir, Wandrer, noch eins:

Es zähmte die Welt sich mit zwingender Waffe
Der gergewaltige Gott,
Wie ward Odin der Weiseste aller
Unter der Atmenden Schar?" –

Kummervoll keuchen Knechte durchs Leben,
Speise und Trank ist ihr Trost:
Nach Wissen dürstet des Waltenden Seele,
Nach Weisheit hungert den Herrn.

Es ragt eine Esche vom Erdengrunde
Hoch in den Himmel hinein.
Die schattenden Zweige breitet sie schützend
Über das atmende All.

Unten am Stamme spinnen drei Schwestern,
Die hohen Häupter verhüllt!
Töchter der Riesen aus Thursenreichen
Weben das Schicksal der Welt.

Hoch in· den Lüften der leuchtenden Ferne
Hallt es von hellem Getön:
Es gellt ein Aar aus dem Eschenwipfel
Sonnenberauscht seinen Sang.

Tief aus dem Boden unter dem Baume
Knirscht es im Dunkel und kracht:
Es nagt an den Wurzeln in wütendem Neide
Drunten der Drache der Hel.

Es funkelt ein Brunnen am Fuße des Baumes,
Vom Raunen des Laubes umrauscht:
Weither sprudelt des Weihers Quelle
Vom Innern der Erde herauf.

Dort sitzt der Alte im Silberbarte,
Mime, vom Moose vermummt:
Es lauscht und lugt in das Licht der Lüfte
Der Geist der Gewässer vom Grund.

Einst blitzte ein Speer auf im Schatten des Baumes,
Es stand am Strande ein Gott:
Walvater spähte ins spiegelnde Wasser,
Das Haupt im Helme geneigt.

„Heimlicher Horcher am Herzen der Erde,
Mime, hervor aus der Flut!
Weise dein Wissen, Geist der Gewässer,
Es ruft dich der Walter der Welt!"

Dämmerung quoll aus dem dunkeln Boden,
Das Zwielicht erlosch im Gezweig;
Da teilte sich rauschend die ruhende Fläche,
Da hob sich ein Haupt aus dem See.

„Willst du dir, Walvater, Weisheit erwerben,
Vom Innern der Erde erlauscht,
So leihe mir, Odin, dein leuchtendes Auge
Der Tiefe zu schimmerndem Schmuck."

Lange murmelte Mime mit Odin
Im Dunkel am dämmernden See.
Es hörte kein Ohr auf dem Erdenrunde,
Was heimlich die Herrscher gerannt.

Der Reichste ward Odin an Runenweisheit,
An zwingender Zaubergewalt –
Ferne funkelt in feuchter Tiefe.
Das Auge des Gottes vom Grund.

Der Göttertrank

Weinfroh saß Odin, der Weltenwandrer,
Daheim in der Halle auf hohem Gestühl.
Am Tische glänzte der Trank der Götter,
Nimmerversiegend der Seligen Nass.

Es blinkten und funkelten blutrot die Fluten
In klingender Hülle aus klarem Kristall.
Odin lehnte, der Asen Lenker,
Erinnerungtrunken das Haupt zurück.

Dem Todesdunkel der Tiefe entrissen,
Schäumst du und leuchtest du lieblich im Licht,
Die Lippen dem Sänger im Liede zu lösen,
Geisterreger, göttlicher Trank!

Tückische Zwerge in tiefem Geklüfte
Verlockten den Lichten mit listiger Gier:
Es fiel der Herrscher im Hinterhalte,
Der weiseste Wane auf weiter Welt.

In heißem Strom aus des Sterbenden Herzen
Brauste zu Tage das teure Blut,
Das einst im Geäder des Atmenden rauschend
Die Weisheit des Wanen verborgen gewirkt.

Sie fingen geschäftig die schäumenden Fluten
In köstlichem Kerker aus klingendem Glas,
Sie würzten mit Honig die heiligen Wogen
Und schlürften vom Mete mit saugendem Mund.

Schaffensgewalt erschwoll in den Wichten:
Es sprühten die Funken, es flammte der Herd,
Die Schmieden hallten von Hammerschlägen,
Es häuften die Schätze sich schimmernd im Haus.

Da krachten die Berge, die Klippen erbebten,
Die Zwerge verkrochen sich zag im Geklüft:
Suttung toste, der Thursen Herrscher,
Raubbegierig ins Reich der Nacht.

Es riss aus der Tiefe der tobende Thurse
Im mächtigen Kessel den köstlichen Met:
Nach Riesenheim schleppte schnaubend der Recke
Die göttliche Beute ins Gletschergebirg…

Von Asgards Höhen äugte der Herrscher,
Odin, hinüber zum Eisriesenland:
Finster blaute das ferne Gebirge,
Da brach aus den Bergen ein blutroter Schein.

Vom Blute des Wanen weithin erglühend,
Erglomm das Gewände in gläsernem Glanz:
Rings um den Kessel knieten die Riesen,
Schlangen das Nass überm Napfe geneigt.

Sie taumelten brüllend, entbrannt von dem Tranke,
Es wuchs die Wildheit zu gieriger Wut:
In rasendem Raufen am Rande des Kessels
Schwang die Fäuste das Felsriesenvolk.

Auf Asgards Höhen fuhr Odin vom Sitze,
Ergrimmend griff der Gott nach dem Speer:
Zum Erdenland nieder eilte der Ase,
Es deckte der Sturmhut dunkel die Stirn.

***

Hoch ins Gewölke hob sich der Bergwall
Im äußersten Osten am Ende der Welt:
Drohend versperrten düstere Felsen
Allem, was atmet, des Eisriesen Heim.

Dort wohnte vorm Walle der Wächter der Thursen,
Suttungs Bruder, am Bergessaum:
Hundertjährig, von Haaren umhangen,
Zu Boden das Antlitz vor Alter gebückt.

Die Sensen der Knechte klirrten und klangen
Hell von der Wiese zum Wohnhaus herein.
Da trat zu den Mähern ein Mann aus der Tiefe,
Der Sturmhut deckte ihm dunkel die Stirn.

Es zog in der Faust aus der Falte des Mantels
Der Wanderer flink einen Wetzstein hervor.
„Dem Stahle, der über den Stein hier gestrichen,
Schwindet beim Schneiden die Schärfe nie."

In weitem Bogen warf er den Wetzstein,
Da streckten sie haschend die Hände hoch:
Sie stießen sich stolpernd, sie stürzten und schrien,
Sie wälzten sich balgend am Boden zuhauf.

Sie sprangen im Grimm auf, ergriffen die Sensen,
Sie schwangen die Schneiden in schäumender Wut,
Sie mähten sich mordend in wildem Gemetzel,
Bis sie zur Erde sich alle gestreckt.

Es rang in der Halle der Riese die Hände.
„Wer schafft mir die Arbeit, die eilige, nun!"

Da rief der Wandrer vom Walfeld der Wiese;
„Um Tölpel zu trauern, das täte mir leid!

In einem Tag schaffe ich all deine Arbeit,
Und mehr nicht .verlang' ich als Lohn für die Müh':
Suttung will ich, den Weinschwelg, besuchen –
Weise mir, Wächter, zum Riesen den Weg." –

„Es gibt keinen Weg durch die wehrenden Wände,
Es führt kein Steig übers steile Gestein,
Es öffnet der Berg sich nur einmal am Tage,
Wenn still am Himmel die Sonne steht!

Doch ehe der Hirsch noch, der hurtige Renner,
Ehe der Hase in hastigem Lauf,
Ehe der Vogel sich schwingt durch die Felsschlucht,
Schließt sich schmetternd von neuem der Schlund!"

***

Das Frühlicht dämmerte fahl in die Felsen,
Auf hohem Steine harrte ein Aar:
Spähte bergwärts mit scharfem Blicke,
Es triefte der Fittich, der feuchte, vom Tau.

Über den Spitzen erstrahlte die Sonne,
Zum Scheitel des Himmels schwebte sie hoch,
Aufs Steingebirg' sandte sie senkrecht die Strahlen:
Da rollte ein Dröhnen durchs Riesenreich.

Es krachte und bebte, es klaffte die Bergwand,
Gähnend starrte die Gasse im Stein:
Es stob der Adler in Sturmeseile
Mit hellem Schrei durch die hallende Schlucht.

Tief im Gewände des Thursenwalles,
  Dem Tage verschlossen von steinernem Tor,
Barg sich die Grotte am Grunde des Gletschers
In ewigem Schweigen von Eislichtschein.

Dort funkelte still im Gefäß von Kristalle
Das Herzblut des Gottes in heller Glut.
Ein Atmen ging durch die eisigen Räume,
Es schwang sich ein Seufzen sacht durch die Schlucht.

Die Stirne geneigt, auf steinernen Sitze,
Die Schultern umflossen von flutendem Haar,
Hütete Gunlöd, des Hrimthursen Tochter,
Die Flut des Lebens im Firnenlicht.

Liebeverlassen in frost'gem Verließe
Sann sie, in Leid die Lider gesenkt.
Da klang in das Schweigen ein klirrendes Schreiten,
Die Eisgruft ertönte, auf sprang das Tor.

Es stand auf der Schwelle ein hoher Schatten,
Reglos ein Held, in den Mantel gehüllt:
Der Sturmhut deckte ihm dunkel die Stirne,
Es drang gebietend ins Dämmer der Blick.

„Gunlöd, du Süße, ein Gast ist gekommen,
Wonne verlangend, Liebe und Wein:
Löse den Gürtel, ergib dich dem Gotte,
Schenke dem Müden vom schäumenden Met!"

Da bot sie erglühend dem Gaste den Becher,
Sehnsuchtbange den Blick gesenkt.

Aus schimmernder Schale schlürfte er durstig
Das Herzblut des Weisen, den heiligen Wein.

Die Arme schloss um die atmende Schöne
Der lichte Ase in Liebeslust.
Bei Gunlöd lag Odin im Glanze des Eislichts
Auf niederem Lager die lange Nacht.

Wonneberauscht und von Weisheit trunken,
Erhob sich im Morgen vom Moose der Gott:
Es brauste ein Adler hinaus zu den Bergen,
Fest in den Fängen das teure Gefäß…

Nun trauert Gunlöd, die Thursentochter,
Von Odin verlassen im Eisgewänd.
Es glänzt der Trank auf der Tafel der Götter,
Die Flut des Lebens in funkelndem Licht.

Wie Walvater mit dem Riesen Wahnkraft
um Weisheit stritt

Odin: Rate mir, Frigg, mich reizt es zur Reise,
Wahnkrafts Wohnsitz zu schaun.
Der Weltenkunde des Weisen zu lauschen,
Lockt mich seit langem Gelüst.

Frigg: Höre mich, Heervater, lasse dich halten
Daheim in der Götter Gehöft,
Denn Wahnkraft ist der gewaltigste Jote
Rings in der Riesen Reich.

Odin: Fernehin fuhr ich, vieles erforscht' ich,
Wägte der Waltenden Wort.
Wie Wahnkraft haust in der weiten Halle,
Will ich nun selber sehn.

Frigg: Heil zu der Reise, Heil zu der Rückfahrt,
Heil dem Wandrer am Weg!
Dir helfe dein Hochsinn, Herrscher der Asen,
Im Wortkampf wider den Thurs. –

Da wanderte Odin nach Wahnkrafts Wohnsitz
Fernhin durchs Felsengebirg.
Er kam zum Hause des hohen Herrschers
Und trat in des Thursen Tür.

„Heil dir, Wahnkraft! Ich wanderte weither,
In deinem Saal dich zu sehn:
Im Wortkampf sollst du es selber mir weisen,
Wie vielerfahren du bist." –

„Wer wirft so verwegen um sich mit Worten
Im Saale vor meinem Sitz?
Heil kommt nimmermehr hier aus der Halle,
Wer mir im Wettstreit erliegt!" –

„Ratgut heiße ich, ferneher ritt ich
Durstig unter dein Dach.
Ohne Labung irrte ich lange,
Ohne erquickende Kost." –

„Was sprichst du im Stehen vom Steine der Schwelle?
Sitz in den Sessel im Saal:
Kund wird's beim Biere, wer klüger von beiden,
Der Fremdling oder der Fürst."

„Nahst du als Mindrer dem mächtigen Manne,
So sprich gescheit oder schweig':
Übel gerät's, wenn du redeselig
Zu Kaltherzigen kommst." –

„So künde dein Wissen mir, Weltenwandrer,
Vom Steine der Schwelle im Stehn:
Was wohnen für Wesen, im Weltenkreise,
Vom mächtigen Meere umwogt?" –

„Am Rande des Weltmeeres wohnen die Riesen,
Es klettert der Zwerg im Geklüft,
Es haust um den Stamm der heiligen Esche
In Midgard der Menschen Geschlecht." –

„Künde dein Wissen mir, Weltenwandrer,
Vom Steine der Schwelle im Stehn:
Wie kamen nach Midgard der Menschen Kinder,
Wer schuf der Schreitenden Schar?" –

„Es bliesen die Asen den göttlichen Atem
Zwei Stämmen am Strande ins Mark:
Da streckten sich lebend in Liebesverlangen
Arme aus starrem Geäst." –

„Künde dein Wissen mir, Weltenwandrer,
Vom Steine der Schwelle im Stehn:
Wie stiegen die Herrscher aus Himmelshöhen
Zur Erde unten hinab?" –

„Es schwingt eine Brücke den schimmernden Bogen
Vom Wohnsitz der Götter zum Grund:
Im Wettergewölke wölbt sie sich weithin
Aus funkelnden Farben gefügt." –

„Vieles erfuhrst du, forschender Fremdling,
Auf windkaltem Weg durch die Welt.
Wie heißt der Hengst, der den hellen Tag
Über die Völker fährt?" –

„Schimmerfell fährt, der feurige Schimmel,
Aus finsterer Tiefe den Tag:
Es taucht das Ross aus den rauschenden Fluten,
Die Mähne des Springers erstrahlt." –

„Vieles erfuhrst du, forschender Fremdling,
Auf windkaltem Weg durch die Welt:
Was wandern der Mond und die mächtige Sonne
Am schimmernden Himmel so schnell?" –

„Hinter den Strahlenden stürmen zwei Wölfe
Wachsend wie Wettergewölk:
Würger verschlingt einst die Wonne der Götter,
Hasser den milchweißen Mond." –

„Vieles erfuhrst du, forschender Fremdling,
Auf windkaltem Weg durch die Welt:
Woher kommt der Wind, der Wogenerreger?
Niemals sieht man ihn selbst." –

„Es hockt ein Riese am Himmelsrande
In Adlers Gestalt versteckt:
Er regt die Schwingen, da rauschen die Winde
Weithin über die Welt." –

„Gescheit bist du, Ratgut, steig' von« der Schwelle,
Teil' mit dem Thursen den Sitz.
Frage nun, Fremdling, vom Bankplatz den Fürsten,
Ob er die Antwort dir weiß." –

„Sag' mir zum ersten, Eisriesenführer,
Tatenkundiger Thurs:
Was war zu Anfang im Urzeitenalter,
Ehe die Erde erstand?" –

„Ehe die Erde aufstieg zum Lichte,
Eh' die Gestirne erstrahlt,
War der Abgrund, der ungeheure,
Finster in Nebel und Nacht." –

„Sag mir zum andern, Eisriesenalter,
Tatenkundiger Thurs:
Was barg der Abgrund, der ungeheure,
Von dichtem Dunkel bedeckt?" –

„Es ragten im Norden riesige Gletscher
Öde in ewigem Eis.
Feuerheims Lohe flammte im Süden,
Es brauste im Dunkel der Brand." –

„Sag' mir zum dritten, Deuter der Dinge,
Tatenkundiger Thurs:
Das erste Wesen, wie ward es im Weltall,
Ehe die Erde erstand?" –

„Es schmolz das Ureis im Anfang der Zeiten,
Von Feuerheims Winden erweicht:
Da wuchs im Dunkel aus wogendem Dampfe
Die heilige Himmelskuh." –

„Sag' mir zum vierten, Felsriesenführer,
Tatenkundiger Thurs:
Wie ward das älteste aller Geschlechter,
Der Riesen ragendes Heer?" –

„Eisströme brausten vom Berg in den Abgrund,
Gerannen tief unten zum Rumpf:
Urgebrüll wuchs, der Ahne der Riesen,
Empor aus dem gähnenden Grund." –

„Sag' mir zum fünften, Felsriesenführer,
Tatenkundiger Thurs:
Wie kam in der Urzeit der Unhold zu Kindern,
Einsam im öden Raum?" –

„Es schwoll ihm die Brut im Schweiße des Schlafes
Zur Höhle der Achsel hinaus.
Riesensöhne rieb er sich schlummernd
Zwischen den Füßen hervor." –

„Sag' mir zum sechsten, Seher der Riesen,
Tatenkundiger Thurs:
Wie wurde der erste unter den Asen
Oben in ewigem Eis?" –

„Es leckte saugend am Salzgesteine
Die hungrige Himmelskuh,
Da tauchte ein Haupt mit wehenden Haaren
Befreit aus dem Felsen hervor." –

„Sag' mir zum siebenten, Seher der Riesen,
Vielerfahrener Fürst:
Wie zeugte der Ase im ewigen Eise
Der schimmernden Söhne Geschlecht?" –

„Es klomm aus dem Abgrund Urgebrülls Jüngste
Zum Lenzeslichte am Firn:
Da trat aus der Gruft des triefenden Gletschers
Im Glanz ihr entgegen der Gott." –

„Sag' mir zum achten, Ahnherr der Joten,
Vielerfahrener Fürst:
Wie teilten die Asen am Eis mit den Thursen
In Urzeit die Weltengewalt?" –

„Zum Kampf mit dem Urriesen schufen die Asen
Wili und We einen Speer:
Odin, er schwang das schneidende Eisen
Gegen den eigenen Ahn." –

„Sag' mir zum neunten aus nächtigen Zeiten,
Vielerfahrener Fürst:
Wer fiel, gefällt von des Feindes Waffe,
Beim ersten Kampfe im All?" –

„Es stürzte der Thurse, die Tiefe verstopfte
Der riesige Rumpf bis zum Rand.
Es strömte sein Blut in brausendem Strudel
Und füllte mit Fluten die Welt." –

„Sag' mir zum zehnten, Zeitenergründer,
Vielerfahrener Fürst:
Was ward aus des Urriesen wütenden Enkeln,
Der Brüller furchtbarem Volk?" –

„Im Blute des Ahnen ertranken sie alle,
Im weltüberschwemmenden Strom.
Nur Bärengebrüll mit der Brut und dem Weibe
Entrann gerettet im Boot." –

„Sag' mir zum elften, Eisriesenführer,
Vielerfahrener Fürst:
Wie schufen die Asen Erde und Himmel,
Nachdem sie die Thursen vertilgt?" –

„Sie schufen die Erde aus Urgebrülls Leibe,
Aus seinem Gebein das Gebirg.
Aus dem hohlen Schädel den hohen Himmel,
Das brausende Meer aus dem Blut." –

„Sag' mir zum zwölften, Zeuge der Urzeit,
Vielerfahrener Fürst:
Wie schufen die Herrscher das Heer der Gestirne,
Die Leuchten am weiten Gewölb?" –

„Sie fingen die Funken aus Feuerheims Lohe,
Die wild durch den Weltraum geirrt:
Sie wiesen der Sonne den Sitz und den Sternen
Und lenkten der Leuchtenden Lauf." –

„Fernehin fuhr ich, vieles erforscht' ich,
Wägte der Waltenden Wort:
Wie lang wird sie stehen im Licht der Gestirne,
Die göttergegründete Welt?" –

„Bis im Walde von Eisen die Wölfe erwachsen,
Bis Loki die Bande zerbricht,
Bis fernher die Riesen aus Feuerheim reiten
Gegen die Götter zur Schlacht." –

„Fernehin fuhr ich, vieles erforscht' ich,
Wägte der Waltenden Wort:
Wann reiten von ferne die Feuerriesen
Gegen die Götter zur Schlacht?" –

„Wenn die Asen die Bande des Eides zerbrechen,
Wenn Treue schwindet in Trug,
Wenn der Leidenswinter, der letzte, anbricht,
Dem alles auf Erden erliegt." –

„Fernehin fuhr ich, vieles erforscht' ich,
Wägte der Waltenden Wort:
Wo kommt es zur Schlacht mit den schimmernden Göttern
Und Riesenheims heulendem Heer?" –

„Es tost das Walfeld vor Walhalls Toren
Unter der Starken Gestampf:
Es bersten der Herrscher heilige Hallen,
Es stürzen die Sterne ins Meer." –

„Bersten der Herrscher heilige Hallen,
Stürzen die Sterne ins Meer,
Wem wird Wingthor im Weltkampf erliegen,
Der Schirmer des Menschengeschlechts?" –

„Es schießt aus den Wogen die Weltenschlange,
Der Hammer zermalmt ihr das Haupt:
Da taumelt der Gott, vom Gifthauch getroffen,
Hinab auf der Erde Grund." –

„Taumelt der Gott, vom Gifthauch getroffen,
Hinab auf der Erde Grund,
Was wird Odin das Ende bringen,
Wenn die Götter vergehn?" –

„Den Rachen aufreißt das riesige Raubtier,
Lokis gewaltiger Wolf:
Es lischt in Dunkel der Sonne Leuchten,
Es fällt der Vater der Welt." –

„Lischt in Dunkel der Sonne Leuchten,
Fällt der Vater der Welt,
Wer rächt den Gott an dem rasenden Wolfe
Im Schwertersturme der Schlacht?" –

„Widar, der Starke, Walvaters Sprosse,
Stößt in das Herz ihm den Stahl:
Da fahren die Flammen fauchend gen Himmel
Da wütet der Weltenbrand." –

„Weit reicht dein Wissen, weisester Riese,
Vom Anfang zum Ende der Zeit:
Was wird nach dem Sturze der Starken werden,
Wenn die Erde zu Asche verbrannte?" –

„Neu aus der Asche ersteht eine Erde,
Schöner in schimmerndem Grün.
Leuchtender wandelt die Wege der Mutter
Der Sonne Kind aus der See." –

„Vieles fragte ich, viel erfuhr ich,
Künde mir, Alter, noch eins:
Was sagte dem Teuren, dem toten Sohne,
Odin zum Abschied ins Ohr?"

Jäh erhob sich im Hochsitz der Jote
Und gaffte ins Auge dem Gast:
Es sträubte sein Haar sich steil auf dem Haupte,
Es bebte der Riese zurück.

„Nur einer weiß von dem Abschiedsworte,
Das Odin dem Sohne gesagt!
Dem Tode geweiht wies ich mein Wissen
Vom Anfang zum Ende der Welt:
Mit Walvater wagte ich töricht den Wettstreit –
Wer ist so weise wie du!“

Vom Weltuntergang

Loki

Horchet dem Liede vom Herren der Lohe,
Vom gleißenden Loki voll Listen und Trug:
Von Wingthors Begleiter, dem Götterverräter,
Von Odins Gefährten, dem Asenfeind.

Der Sturmriese brauste, von Blitzen umleuchtet,
Aufs Eiland nieder zur einsamen Nal:
Es riss die Liebliche unter dem Laubdach
Der Lechzende an sich in wütender Lust.

In Flammen und Sturm aus der Sterbenden Schoße
Entloderte Loki hoch in die Luft.
Auf Flügelschuhen schwang er sich fernhin
Hinauf zu den Herrschern am Himmelssitz.

Dort tagten die Starken auf thronenden Stühlen,
Odin und Höni im Anfang der Zeit,
Der Götter Gewalt in der Welt zu gründen
Wider der Riesen zerstörende Wut.

Da trat in den Rat der Richtenden droben
Mit schmeichelnder Rede des Sturmriesen Sohn:
Es schlossen mit Loki die Lenker der Asen
Als Brüder auf ewig des Blutes Bund.

Sie stiegen zur Erde, der einsamen, nieder,
In Midgard zu schaffen der Menschen Geschlecht:
Den Atem gab Odin, das Ahnen gab Höni,
Lebensglut Loki und leuchtendes Blut.

Es brauste durchs Weltall weithin der Rasche,
Wie die wehende Flamme vom Winde gejagt,
Vom Himmel herab durch die Reiche der Riesen
Hinab in die Öden der Unterwelt.

Ins fahle Dunkel der Felsenhöhlen
Loderte jäh seines Hauptes Geleucht:
Die Zwerge zwang er, die Zauberschmiede,
An Amboss und Esse den Asen zum Dienst.

Gungni, den Speer, den grimmigen Stößer,
Der sausend von selber den Gegner sucht,
Schweißten die Knechte im tiefen Geklüfte:
Es klirrt die Waffe in Walvaters Hand.

Sie bauten für Frey, den fahrtkühnen Herrscher,
Holzross, den Segler, das hurtige Schiff:
Mit Wunschwinden fliegt es frei durch die Wogen,
Wohin es das Herz des Gebieters heischt.

Den goldenen Eber mit glühenden Borsten
Zogen zur Esse sie zischend hervor:
Es rennt durch die Lüfte der leuchtende Traber
Am Wagen des Strahlenherrn über der Welt.

Die Bälge fauchten, die Flammen brausten,
Es glänzte der Hammer hell aus der Glut –
Mjölni, der Malmer, der Mörder der Riesen:
Den Funkelnden fasste des Donnerers Faust.

Heftiger schürten die Schmiede das Feuer,
Da stieg aus den Flammen das strahlende Gold:
Odin zu eigen, das edelste Kleinod,
Des Waltenden Zierde, der Weltenring.

Da gaben sie Loki die Gattin zum Lohne,
Der Edelsten eine aus Asengeschlecht:
Die seidenen Wimpern gesenkt auf die Wangen,
Sigyn, die sanfte, die sorgende Frau.

Zwei Knaben zog sie, zwei kühne Sprossen,
Im Himmelsgehöfte dem Herren heran:
Mit Odins Helden in Asgards Halle
Tummelte früh sich das freudige Paar.

Am Strande des Weltmeers erwuchsen die Wanen,
Reich an Golde, ein Göttergeschlecht,
Zaubererfahren in zwingenden Künsten,
Von Urbeginne den Asen feind.

Nach Walhall zogen die Wanenherrscher
Wider die Edlen in Asenheim:
Der erste Krieg im All erklirrte,
Der Waltenden Kampf um die Weltenmacht.

Die Wälle von Asgard erstürmten die Wanen,
Berannten mit Brande die ragende Burg.
Im Waffengewitter lohten die Wände,
Zu Trümmern stürzte der trotzige Bau.

Über der Asche der rauchenden Öde
Reichten die Hohen die Hand sich zum Bund,
Des Haders vergessend, im Himmel zu herrschen,
Asen und Wanen auf ewig vereint.

Da raunten die Götter und rieten darüber,
Wie sollten die Burg sie aufs neue erbaun?
Rat wusste Loki mit listiger Rede,
Den Baumeister rief er nach Riesenheim.

Fern aus dem Osten stampfte der Unhold,
Der raue Frostriese fauchend heran:
Die Wälder erklirrten, die Bäume krachten,
Die rauschenden Ströme erstarrten zu Eis.

Hinter ihm schleppte der Hengst auf dem Schlitten
Der glänzenden Bausteine glitzernde Last:
Es stöhnte sein Schnauben wie Sturmgetöse,
Wenn über die Wogen das Wolkenheer fegt.

Den Grimmen erschauten die Göttinnen schaudernd
Von Eise klirrend auf Asgards Höhn.
Zur Zwiesprache trat mit dem Zottigen Loki,
Den Thursen zu fesseln mit festem Vertrag.

Arglist erwachte im Asenberater,
Des Joten Blut regte in Loki sich jäh:
Die Edlen alle ins Elend zu stürzen,
Verhieß er dem Unhold herrlichen Lohn.

„Baust du vom Grunde die Burg bis zum Giebel
Mit Wunderkräften in Wintersfrist,
So schenken die Sonne mitsamt den Sternen,
So geben dir Freyja die Götter zur Frau!"

Da türmte der Meister die mächtigen Blöcke,
Da schleppte der Rappe rastlos die Last:
Es wuchsen der Wall und die Wände gen Himmel,
Wenig mehr fehlte am Wunderwerk.

Mit grimmigem Grinsen grölte der Riese:
„Nun denkt, ihr Asen, der Eide all,
Was Loki mir hieß von den Himmelsherrschern
Beim tosenden Strome der Totenwelt.

Morgen vollend' ich die mächtige Feste,
Morgen verlang' ich der Mühe Lohn:
Die strahlende Sonne mitsamt den Sternen,
Freyja, die Göttin, die goldene Frau!"

Bang auf den Bänken erblichen die Götter;
Auf Loki, den schweigenden, schauten sie stumm:
Die Leuchten der Luft an die Riesen verloren,
Freyja, die frohe, den Finstern verkauft!

Da sprang der Donnerer drohend vor Loki,
Es schwang den Hammer Hlorridi hoch.
„Löse vom Eide die Asen, du Lügner,
Sonst lässt du, Loki, dein Leben hier!"

***

Aus Nebel und Nacht nahte der Morgen,
Golden erglommen die Giebel der Burg:
Der Rappe karrte, der Riese keuchte,
Da ging's durch die Lande wie Lenzesluft.

Fern aus dem Walde ertönte ein Wiehern,
Es strich aus dem Forst eine Stute hervor:
Flatternd wehte die Mähne im Winde,
Es schimmerte silbern wie Seide das Fell.

Da bäumte sich hoch auf der Hengst an der Fuhre
Mit wildem Gewieher in wütender Brunst:

Hinter der Stute her stürmte der Rappe,
Es rissen die Stränge am Schlitten entzwei.

Ein Brüllen barst in das Brausen der Lüfte:
„Das tatest du, Loki, mir tückisch zu Leid!
Lügner und Trüger auf leuchtenden Thronen,
Die Götter stampf' ich, die Burg in den Grund!"

Es schwang die Fäuste, es rannte schnaubend
Zur ragenden Halle der Riese hinan –
Thor warf den Hammer: der Thurse stürzte
Mit klaffendem Schädel hinab ins Geklüft.

Es atmete Freyja, die Asin, befreit auf,
Die Leuchten der Luft erstrahlten erlöst…
Da waren die Eide alle gebrochen,
Mit Frevel die Herrscher im Himmel befleckt.

***

Elf Monde vergingen, da warf die Stute,
Die über die Höhen den Hengst gelockt:
Ein Fohlen entsprang ihr mit strahlendem Felle,
Sleipni, der Renner, Heervaters Ross.

Da hob sich ein Reden mit heimlichem Raunen
Unter den Asen und Irdischen sacht:
Loki war es, der Listige selber,
Der strich nach dem Hengste in Stutengestalt.

Hell durch den Himmel hallte Gelächter,
Es rollte ein Lachen im Lande rings:
„Lösen musste sein Leben Loki,
Da ward er trächtig vom Thursenhengst!"

Aus Walhalls Sälen entwich der Arge,
Der Asenverräter in Ohnmacht und Wut.
Grimmig schlich Loki durchs Grauen der Nächte,
Rachebrütend durchs Riesenreich.

Da fand er zutiefst im Tale der Thursen
In wildem Geklüft das gewaltige Weib,
Den stolzen Leib auf steinigem Lager,
Das düstere Haupt auf die Hand gestützt.

Von zischenden Schlangen die Stirne umwunden,
Spähte sie drohend durchs Dunkel empor
Zum hellen Glanz der verhassten Gestirne
In nagendem Neid und Vernichtungsgier.

Der Grollenden nahte der Götterverräter,
Die Finstre umwarb er mit flüsterndem Wort:
In wütender Wollust umwarb er die Grimme,
Wie die lodernde Flamme in Finsternis taucht.

***

Wild war die Nacht, die Winde heulten,
Es blinkte kein Stern aus dem Sturmgewölk.
Da ächzte einsam auf ödem Lager,
Es kreiste die Riesin in rauem Geklüft.

Gewaltig entwand sich dem stöhnenden Weibe
Mit gleißenden Ringeln der riesige Wurm:
Fauchend streckte den struppigen Schädel
Die Weltenschlange hinan zum Gewölk.

Dem zuckenden Schoße entzwängte sich zottig
Der furchtbare Fresser, Fenri, der Wolf:
Den Rachen aufriss gen Himmel das Raubtier,
Es schlugen die Zähne in schäumender Wut.

Leichenfahl rang sich hervor aus dem Leibe,
Das finstere Antlitz fäulnisgefleckt,
Mit hohlen Augen, Verwesung hauchend,
Hel, die Verhasste, in hungriger Gier.

Die Lande erbebten, es brauste das Meer auf,
Es drang ein Stöhnen schaudernd durchs All:
Walhall wankte über den Wolken,
Ans Himmelstor stürzten die Herrscher verstört.

Das Gezücht zu vertilgen mit tosendem Schlage,
Packte den Hammer Hlorridis Faust.
Da streckte den Schild Walvater schützend.
Über des Blutbruders finstere Brut.

Die Schlange ergriff er und schwang sie schleudernd
Zutiefst in die Wogen der Weltensee:
Es wälzt sich das Gräuel am Grunde des Meeres,
Den Erdkreis umgürtend mit gleißendem Leib.

Hinab in der Unterwelt ewige Öde
Stürzte der Gott die gierige Hel:
Ferne dem Licht unter Leichenscharen
Thront sie finster im Totenreich.

Fenri, den Wolf, den furchtbaren Würger,
Lockte nach Asenheim Odin mit List:
In Fesseln warfen den Wolf die Götter,
Da ließ ihm die Rechte im Rachen Ty.

Jauchzend rief es herab von den Höhen:
„Gebannt und gebunden auf ewig die Brut!"
Es knirschte Loki tief im Geklüfte
In bebender Wut ob dem Weibe gebeugt…

Weithin schweift Loki durch alle Lande,
Die Götter zu täuschen mit Truggespinst:
Es zischt im Verstecke und züngelt sein Flüstern
Wider der Himmlischen Herrschergewalt.

Es rotten die Riesen sich grollend zum Rate,
Es lauert die Schlange im Schoße der See,
Es heult der Wolf vor dem Himmelstore,
Es tost in der Tiefe der Toten Heer.

Balder

Einer stieg auf im Geschlechte Odins,
Balder, der lichte, sein liebster Spross:
Im Kampfspiel erwuchs er zum Kühnsten der Kämpen,
Furchtlosen Herzens, dem Frevel fremd.

Es drang sein Blick durch Dickicht und Dunkel,
Wo Schuld und Schande sich scheu verbirgt,
Wo tief im Elend das Unglück trauert,
Wo bang nach dem Lichte das Leid sich sehnt.

Da riefen die Herrscher zum Hüter des Rechtes
An Odins Seite den jüngsten Sohn,
Die Guten zu schützen, den Grimm zu vergleichen,
Dem Frevel zu steuern mit festem Spruch ...

Gefallen war Thiazi, der Thursenführer,
Beim Raube der Idun in Adlersgestalt:
In Asgard tobte des Toten Tochter,
Buße heischend fürs teure Blut.

Der wütenden Riesin die Sühne zu weigern,
Hetzte Loki mit hadernder Lust.
Da redete Balder im Rate der Götter,
Aufs Weib im Wehe den Blick gewandt:

„Nicht Schmach ist's, die Tochter im Schmerze zu trösten,
Nicht Schande, zu lindern ihr lastendes Leid:
Am Himmel erglänze, sein Kind zu grüßen,
Des Toten Augenpaar leuchtend wie einst!"

Hinauf zu den Sternen starrte sie staunend,
Da funkelte fernher des Vaters Blick:
Da löste die Wut sich in lindes Weinen,
Da schmolz erschüttert der heiße Schmerz.

In Liebe zu Balder entbrannte die Riesin
Und bot sich zu eigen dem Asensohn:
In schimmernder Schönheit, mit Schätzen und Waffen,
Mit Mägden und Mannen und aller Macht.

Die klaren Augen wandte im Kreise,
Es schüttelte sachte der Seher das Haupt.
„Die Ferne nur wahrt unter Fremden den Frieden,
Unheil brütet der Ungleichen Bund."

Zum Weibe gewann er aus Walhalls Sälen
Nanna, die Keusche, die Tochter des Nep,
Licht wie die Wolke im Lenzeswinde,
Die sehnend aufwärts zur Sonne schwebt.

Fernenglanz heißt man die hohe Feste,
Dort hauste Balder mit Nanna im Bund:
Hörte die Klagen, lauschte dem Kummer
Und schlichtete wägend den Streit in der Welt.

Es flohen die Frevler die Friedensstätte,
Nichts Böses wohnte in Balderheim:
Wer die schimmernden Auen mit Augen schaute,
Dem schwand aus dem Herzen der Hass und der Neid.

In Thursenheims Tälern vergrollte das Toben,
Die Schlange entschlief im Schoße der See,
Des Wolfes Geheule vor Walhall verstummte,
Es schwieg in der Tiefe der Toten Getös...

Aus steinerner Höhle horchte und spähte
Loki, der Falsche, dem Lichte fern.
Es hob sich die Finstre vom Felsenlager,
Die Wehebotin, das wütende Weib.

„Einer nur ist er im Kreise der Asen,
Den Fehl und Frevel noch nie befleckt:
Balder muss fallen, der Freudebringer,
Es stürzt mit dem Edlen der Asen Gewalt!"

***

Die Asen, sie eilten alle zum Thinge,
Die Asinnen alle eilten zum Rat:
Da rieten die Götter und raunten darüber,
Wie hatte so bange Balder geträumt!

Vom Blute besudelt Balderheims Säle,
Walhall schrillend von Wehegeschrei!
Über der Erde der Atmenden Grausen,
Das fahle Antlitz der furchtbaren Hel!

Auf stand Odin, der Asen Herrscher,
Schnallte den Sattel aufs schnelle Ross.
Nieder ritt er in Nebelheims Reiche:
Da fuhr aus der Tiefe der Totenhund.

Von Blute troff ihm die Brust, die breite,
Er bellte vorm Wecker der Seelen voll Wut.
Weiter ritt Odin, die Erde dröhnte,
So kam er zum hohen Gehöfte der Hel.

Trotzig ritt er durchs Tor im Osten,
Wo sich der Hügel der Wala erhob.

Die Seherin zwang er mit Zaubergesängen,
Es tauchte vom Grabe die Tote herauf.

„Wer ruft mir fremde aus fernen Reichen,
Wer hat mir die Mühe des Weges gemacht?
Schnee stob nieder, es schlug mich Regen,
Tau beträufte mich, tot war ich lang." –

„Wegtam heiße ich, Waltams Sprosse,
Kunde heisch' ich aus Helheims Saal:
Für wen sind die Bänke mit blinkenden Ringen,
Für wen ist die Diele mit Golde gedeckt?" –

„Auf Balder harrt der blinkende Humpen,
Es deckt der Schild den schäumenden Trank:
Die Asensöhne in Angst und Elend!…
Du zwangst mich zu reden, nun lass mich ruhn." –

„Harre noch, Wala, horch, was ich heische,
Wissen will ich, was weiter wird:
Wer bringt dem Balder das bittre Verderben,
Wer raubt dem Asen des Atmens Lust?" –

„Höd schlägt Odins edelsten Sprossen,
Höd bringt Balder den bittren Tod,
Raubt dem Asen die Lust des Atmens…
Du zwangst mich zu reden, nun lass mich ruhn." –

„Harre noch, Wala, horch, was ich heische,
Wissen will ich, was weiter wird:
Wer wird am Mörder die Meintat rächen,
Wer schafft, dass Höd auf den Holzstoß kommt?" –

„Den Wali gebiert Rinda im Westen.
Odins Sprosse, eine Nacht alt,
Wäscht nicht die Hände, kämmt nicht das Haupt,
Bis Höd, der Verhasste, am Holzstoß liegt.
Du zwangst mich zu reden, nun lass mich ruhn." –

„Harre noch, Wala, horch, was ich heische,
Wissen will ich, was weiter wird:
Wer sind die Wesen, die wutvoll weinen,
Zum Himmel hin schleudern die Schleier aus Schaum?" –

„Wutvoll weinen der Wogen Töchter,
Die Heimdall, den Hellen, im Schoße gehegt.
Donnernd braust an die Berge die Brandung,
Es reiten von Süden die Söhne des Surt." –

„Harre noch, Wala, horch, was ich heische,
Wissen will ich, was weiter wird:
Es stürzen der Götter goldene Hallen,
Was wird nachdem Ende der Asen sein?" –

„Nicht Wegtam bist du, wie du gewiesen:
Odin bist du, der Asen Herr!" –

„Kein weises Weib, keine Wala bist du:
Dein Wissen ist aus mit dem Ende der Welt!" –

„Reite du heim, deines Ruhmes froh:
Odin, nun schaut kein Auge mich mehr,
Bis brüllend die Bande Loki zerbricht,
In wütenden Flammen die Welt verweht!"

***

Schweigend kehrte aus Helheims Schlunde
Ins Reich der Atmenden Odin zurück.
Zum Hochsitze schritt der Herrscher des Himmels,
Von Waffen klirrend im Kampfgewand.

Es füllte sich hastig die hohe Halle,
Es tönte bebend von bangem Mund:
„Was schautest du, Odin, im Unheilsschlunde?
Was bringst du heim von der furchtbaren Hel?“

Da hieß er Heimdall den Hornruf blasen
Den Helden Walhalls zur Heeresschau,
Da teilte er schweigend zur Schlacht die Scharen
Und wies die Streiter zum Walfeld hinaus.

***

In Fensal erhob sich Frigg, die Herrin,
Balders Mutter, von Bangen durchbebt:
Zu Fuße eilte die Asenfürstin
Mit wehendem Haare durchs Weltenall.

Was atmet und webt, was wächst auf der Erde,
Was unter dem Boden im Dunkel sich birgt,
Bat und beschwor sie, Balder zu schonen,
Nimmer dem Lichten ein Leides zu tun.

Die finstren Thursen im Felsentale,
Die zähen Zwerge in zackiger Kluft,
Die wilden Tiere im tiefen Walde,
Die Vögel im Forste, im Strome der Fisch,

Die fressenden Flammen, die reißenden Fluten,
Die sprossenden Bäume, Gesträuch und Gestrüpp,

Das blinkende Eisen im öden Moore,
Im steilen Gewände der starre Stein:

Sie alle gelobten mit heiligen Eiden
Der flehenden Fürstin beim Flusse der Hel,
Balder zu schonen, den Spender der Freude,
Nimmer dem Lichten ein Leides zu tun.

Achtlos ließ sie nur einen stehen,
Die sorgende Mutter, den Mistelspross:
Gar zu gering dünkte die Gerte,
Schwank und mager wie'n Mägdelein.

Da strich auf den Spuren der streifenden Göttin
Loki, der Listige, lauernd heran:
Gierig ergriff er die bebende Gerte,
Da ward ihm zum Speere der Spross in der Faust!

***

Jubel brauste aus Balderheims Halle,
Schwerterklirren und Speeresklang:
Mit Geren warfen nach Balder die Götter
Sie schlugen nach Balder mit scharfem Stahl.

Froh an der Freude der jauchzenden Freunde
Lächelte Balder in blitzendem Licht,
Aufrecht stand er im Sturm der Geschosse,
Wehrlos bot er den Waffen die Brust:

Seitab schwirrten die scharfen Schwerter,
Die wirbelnden Steine, der wuchtige Speer:
Es scheute das Eisen den Edeln zu schneiden,
Es schonte den Reinen der raue Stein…

Abseits lehnte, von allen verachtet,
Balders Bruder, der blinde Höd.
Da schlich sich Loki zum Schweigenden leise,
Es raunte der Arge dem Asen ins Ohr.

„Alle schwingen sie Schwerter und Speere,
Balder, dem Edeln, zu ewigem Ruhm:
Was stehst du allein stumm in der Ecke?
Loki leiht dir der Augen Licht!"

Dem hilflosen Helden drückte er hastig
Den Mistelspeer in die mächtige Faust.
Hinter dem Rücken des ragenden Recken
Hob er ihm zielend die Hand zum Schuss.

Da schwirrte der Ger, es stöhnte der Gott auf,
Zu Boden stürzte Balder im Blut!
Ein Angstschrei gellte durch alle Welten:
Der Sonne Leuchten erlosch in Nacht.

Leblos sank Nanna zur Leiche nieder,
Von wildem Entsetzen jählings entseelt.
Es schwand im Getümmel der tückische Loki,
Es floh erbebend der blinde Höd.

***

Ratlos drängte sich rings im Dämmer
Unten auf Erden der Atmenden Schar:
Fahles Dunkel lagerte drohend,
Schweigen lastete schwer auf der Welt.

Um Balders Bahre in dumpfem Brüten
Standen die Götter vor Grauen stumm:

Finsteren Ränken der Reine erlegen,
In ewiges Dunkel das All gehüllt!

Die weinenden Augen wandte die Asin,
Die Mutter des Toten, im Trauerkreis.
„Ist einer im Himmel unter den Helden,
Der Hilfe im Harme der Harrenden bringt?

Wer wagt's, in die Tiefe dem Toten zu folgen,
Hinab in die Höhle der hungrigen Hel,
Mit goldenen Schätzen die Gier ihr zu stillen,
Um Balder zu lösen aus Leichenheim?"

***

Den Todesweg ritt durch die rauschenden Täler
Hermod, der stolze, Heervaters Spross:
Da toste und schäumte aus schwarzer Tiefe
Im Felsengrunde der furchtbare Fluss.

Drüben am Strande des donnernden Stromes
Schwang den Wurfspieß ein Weib vor dem Wall.
„Wer reitet nach Leichenheim lebenden Leibes,
Wer wagt sich atmend in ewige Nacht?"

Da schnellte der Hengst mit dem spornenden Helden
Über den Wall in gewaltigem Satz:
Es sprang vom Rosse der rasche Reiter,
Hermod trat in des Todes Haus.

Da sah er im Saale die Schatten sitzen,
Rings wie zum Trunk an den Tischen gereiht:
Balder erblickte er bleich auf dem Hochsitz,
Nanna erkannte er kummergeneigt.

Das Schweigen erschütternd schallte sein Rufen:
„Wo birgst du dich, Fürstin, im finstern Gehäus?
Balder, kam ich, vom Tod zu erbitten –
Sprich, was verlangst du an Lösung als Lohn?"

Da drang aus der Höhle hinten im Dunkel
Hohlen Klanges die Stimme der Hel:
„Ich nehme nicht Schmuck und nicht schimmernde Schätze,
Ich nehme als Gabe nicht Gold für den Gott!

Wenn alle Wesen in Weltenheim weinen,
Wenn keines die Tränen dem Toten versagt,
Dann öffn' ich dem Asen die eherne Pforte,
Dann lass ich ins Leben den Lichten zurück."

***

Es wanderte Frigg durch die endlosen Weiten
Im Kreise der Welt mit dem Krug in der Hand,
Dem toten Sohne die Tränen zu sammeln
Von allem, was Balder, den Asen geliebt.

Da weinten in Midgard der Menschen Geschlechter,
Zähren entquollen dem Zwerg im Geklüft,
Den trotzigen Riesen entrollten Tränen,
Den reißenden Tieren im ragenden Forst.

Es weinten die Wolken droben im Winde,
Die auf dem Wege die Wandernde sahn,
Es weinten die Blätter an Bäumen und Büschen,
Es taute von Tropfen das tote Gestein.

Abend ward es, da traf die Asin
In rauem Gewände das riesige Weib,

Lokis Gefährtin, die Feindin des Lichtes,
Das Kinn gestützt auf die stemmende Faust.

Es zischten ums Haupt ihr die züngelnden Schlangen,
Kalt erklang es aus ödem Geklüft:
„Warum soll ich weinen um Walhalls Wehe?
Was kümmert mich Balder, der Bringer der Lust?

‚Danklos‘ heiß ich, die harte Dirne,
In nächtiger Höhle vom Neide genährt:
Es kennt nicht Tränen mein trockenes Auge,
Behalte auf ewig Hel, was sie hat!"

***

Es ragte der Bord aus der brausenden Brandung,
Balders Drache auf dunklem Meer,
Reisegerüstet die Rahen und Segel
Der Leiche des Lichten zur letzten Fahrt.

Hoch auf dem Schiffe hinten am Steven
Ruhte im Thronsitz der tote Fürst:
Der Walter des Rechtes, der Weltversöhner,
Nanna, die Bleiche, an seiner Brust.

Es blies auf dem Horne Heimdall am Strande
Mit dumpfem Laute im Dämmerlicht.
Da brach ein Glühen aus grauem Gewölke:
Asgards Tore taten sich auf.

Es schoß aus dem Himmel der schimmernde Bogen,
Die Asenbrücke zum Erdengrund:
Es zogen die Götter im Glanze der Waffen
Aus finstern Wolken auf fernem Weg.

Odin zu Ross, in der Rechten Gungni,
Thor mit den Böcken, den Trabern der Luft,
Frey mit dem Eber in funkelndem Felle,
Freyja, am Wagen der Wildkatzen Paar.

Da bebten die Lande, die Lüfte brausten,
Da wogte es wimmelnd von nahe und weit:
Es eilten die Wesen aus allen Welten,
Zum letzten Male den Lichten zu schaun.

Im Dämmer stauten am Strand sich die Völker,
Der Menge Gemurmel am Meere erschwoll:
Da stieg aus der Heerschar der Himmelshelden
Odin zum Drachen einsam empor.

Den Weltenring streifte er schweigend vom Arme
Und legte ihn Balder stumm auf die Brust.
Er neigte zum Toten, zum Teuren, sich nieder
Und raunte ins Ohr ihm sein Abschiedswort.

Wingthor erhob den heiligen Hammer,
Blendend zuckte durchs Dämmer der Blitz:
Vom Donnerschlag dröhnte des Drachen Gebälke,
Es schlugen die Flammen hervor zu dem Schiff.

Leuchtend erglänzte in lohenden Gluten
Mit Nanna im Thronsitz der tote Gott –
Da trieb das Gefährte hinaus in die Fluten,
Von Feuer umwirbelt, vom Rauche umwogt.

Lokis Sohn

Es glänzt aus Glase vom Grunde des Meeres
In ewigem Frieden, von Fluten umrauscht,
Ferne dem Toben auf trotziger Erde,
Des hohen Ägi heiliges Haus.

Statt Fackellichtes flammt in der Halle
Des funkelnden Goldes feuriger Glanz,
Es füllen von selbst sich der Seligen Humpen
Mit schäumendem Biere und schimmerndem Met.

Dort saßen die Asen und Alfen alle
Beim Totentrunke in Trauer vereint:
Wingthor allein weilte im Osten,
Im Eisriesenreiche am Ende der Welt.

Es rieten in Sorgen die Herrscher im Saale:
Wer holte zum Morde den Mistelspross?
Wer hetzte Höd zu der Tat des Harmes?
Wer führte dem Blinden die Faust beim Schuss?

Loki, der Frevler, lauschte von ferne
Hinab in die Fluten aus finstrem Versteck:
Da packte den Lügner die Lust zu lästern,
Die Götter zu höhnen im grimmen Harm.

Durch graue Weiten des wogenden Wassers
Glitt er gleißend zum Grunde der See:
Ungebeten in Ägis Halle
Trat der Freche mit trotzigem Fuß.

„Durstig unter das Dach des Ägi
Tret' ich von weitem Weg:
Schenkt denn nicht einer unter euch Asen
Dem Müden vom schimmernden Met?

Was starrt ihr stumm, stolzes Geschlecht,
Als wärt ihr der Rede beraubt?
Weist Sitz und Sessel im Saale mir an,
Oder heißt mich von hinnen gehn!"

Bragi:
„Sitz und Sessel weisen im Saale
Nimmer die Asen dir an:
Es schauen die Edlen, auch wenn sie schweigen,
Fernhin durch Tücke und Trug."

Loki:
„Vergaßest du's, Odin, in Urzeiten hast du
Dein Blut mit dem meinen gemischt!
Vom kühlen Biere zu kosten verschwurst du,
Es sei denn uns beiden gebracht."

Odin:
„Widar, steh' auf, lass den Vater des Wolfs
Teilnehmen am Trunk:
Zum letzten Mal mag er die Lust an uns letzen,
Von heiliger Stätte beschützt."

Loki:
„Heil, ihr Asinnen! Heil euch, ihr Asen!
Heil dem hehren Geschlecht!
Außer dem Lügner, dem Liederschmiede,
Der feige stets floh im Gefecht!"

Freyja:
„Brich nicht, Bragi, des Bechers Frieden
Loki, dem Lästrer zulieb:
Die giftige Zunge, sie gellt ihm in Bälde
Von selber heran das Gericht!"

Loki:
„Schweige, Freyja, du schlimme Hexe,
Frecher Gelüste voll:
Beim Bruder ergriffen im Bett dich die Götter,
Frey, den Verführer, im Arm!"

Ty:
„Es schaut der Arge mit schmutzigem Auge,
Was lauter leuchtet wie Licht:
Wer Frey verhöhnt und Freyja, die holde,
Besudelt sich selber allein."

Loki:
„Schweige du, Ty, du taugst ja nur, täglich
Fehden zu zeugen und Zank:
Der Rechten denk' im Rachen des Wolfes,
Die ließest du Lokis Sohn!"

Frey:
„Teuer verkaufte der tapfere Kämpe
Die Rechte dem rasenden Wolf:
In Fesseln windet sich Fenri vor Walhall,
Bis die Götter vergehn."

Loki:
„Schweige du, Frey, dein Schwert verfeilschtest
Du schmählich um Gerdas Gunst:

Wenn Feuerheims Heer über Finsterforst fährt,
Fehlt dir die Waffe, du Wicht!"

Skadi:
„Lästre nur, Loki, nicht lange mehr schwingst du
So lustig den losen Schweif:
Am rauen Rücken des Riesengebirges
Brüllst du in Banden gar bald!"

Loki:
„Schaust du so scharf in die Schicksalsferne –
Wenig weißt du, was war:
Am hurtigsten sprang ich einst bei der Hetzjagd,
Als wir den Ahn dir gefällt!"

Heimdall:
„Wacker prahlst du vor Weibern, Loki,
Im Kampf sah noch keiner dich kühn:
Mit Heimdall rangst du auf hohem Meere,
Das tauchtest du flink in die Flut!"

Loki:
„Schweige du, Torknecht! Kennst du das Schwert hier
Leuchtend an Lokis Gehäng?
Es schnarchte der Wächter vor Walhalls Tore,
Da stahl ich die Waffe dir weg!"

Sif (bringt Loki das Methorn):
„Heil dir, Loki, leere das Horn hier,
Voll von feurigem Met,
Und lästre nicht länger im leuchtenden Saale
Die Götter beim Totentrunk."

Loki:
Den Haarschmuck raubte ich Hlorridis Weibe,
Als ich mit List es verlockt:
Mit kahlem Kopfe kehrtest du heimwärts –
Wenig war Wingthor erfreut!"

Frigg:
„Hätt' ich hier innen in Ägis Halle
So kühn wie Balder ein Kind,
Ein Ende schaffte er schnell deinem Schmähen,
Ruchloser Ränkeschmied!"

Loki:
„Als Bettelweib liefst du um Balders Leben
Bei Thursen und Trollen umher:
Es nutzte dein Flehen dir nichts und dein Flennen,
Hel, sie behält, was sie hat!"

Odin:
„Es wendet kein Wille den Weg des Geschickes,
Hel, sie behält, was sie hat.
Doch nimmer entrinnt dem Nornengerichte,
Der Frevel entfesselt die Tat."

Loki:
„Schweige du, Odin, Schänder des Schlachtfelds!
Die Tapfersten tötet dein Speer:
Dem Schlechteren stets im Sturm der Geschosse
Gönnst du ruchlos den Ruhm!"

Njörd:
„Die Felsen dröhnen, es kehrt von der Fernfahrt
Des Hammers Herr, Hlorridi, heim:

Nun mache dich, Schurke, geschwind aus dem Staube,
Denn Wingthor, wisse, schlägt zu!"
(Es donnert, die Tür der Halle springt auf, Thor stampft herein.)

Loki:
„Der Erde Sohn tritt ein in den Saal:
Am Toben erkenne ich Thor!
Doch dem Wolf zu wehren, das wagst du nicht,
Wenn er Walvater würgt!"

Thor:
„Schweige, du Schurke, mein Schlachthammer
Mjölni stopft dir das Maul:
Fernhin ins Ostland fliegst du mir, Unhold,
Dort schaut dich kein Menschenaug' mehr!"

Loki:
„Von deinen Fahrten im fernen Osten
Schwiegst du wohl besser beim Bier:
Im Däumling des Handschuhs hockte der Donnrer,
Vergaß, dass er Wingthor war!"

Thor:
„Schweige, du Schurke, mein Schlachthammer
Mjölni stopft dir das Maul:
Mit Hrungnis Schlächter, dem harten Hammer,
Brech' ich dir all dein Gebein!"

Loki:
„Leben, hoffe ich, werd' ich noch länger –
Hebe den Hammer nur hoch!
Vor Asen sang ich und Asensöhnen,
Wie es mein Trotz mir wies.

Nach Rache lechzte ich, Rache erlangt' ich:
Es losch in den Welten das Licht!
Balder, der Tröster in Todesbanden –
Zu Ende der Asen Gewalt!

Hört es, ihr Stolzen, auf heiligen Stühlen,
Wenn ihr es selbst noch nicht wisst:
Ich war's, der zum Morde den Mistelspross holte,
Ich hetzte zur Harmtat den Höd!"

Über die Schwelle sprang Loki geschwinde
Mit gellem Gelächter ins graue Meer:
Es zuckte ein Lodern zischend durchs Wasser,
Es schwand der Frevler im Flutenschwall.

Das Gericht

Fernhin geflohen war Loki, der Frevler,
Dem Grimme der Götter mit List zu entgehn:
Gestalten wechselnd mit Wunderkünsten
Barg er sich einsam in ödem Gebirg…

Vor Walhalls Tore spähte der Wächter,
Heimdall der Schnelle, mit scharfem Blick:
Es folgte sein Auge dem fliehenden Frevler
Über das All bis zum Ende der Welt.

Flüsternd wies er Wingthor, dem Freunde,
Des Flüchtigen Wege im Felsengewänd.
Da dröhnte der Gott durch das Dämmerdunkel
Hinaus zu den Bergen im Bocksgespann.

Über die Höhen schlich Hlorridi spürend,
Durchs tiefe Tal und den rauschenden Tann.
Er lugte und horchte ins Dunkel der Höhlen,
Er watete forschend durch Fluss und durch Flut.

Spähend stand Wingthor im wirbelnden Strome
Vorm Wassersturze aus, wildem Gewänd:
Es schnellte ein Fisch aus den schäumenden Fluten
Hoch in die Lüfte, ein leuchtender Lachs.

Den Glänzenden haschte er hastig mit Händen,
Vergebens wand sich der Glatte im Griff:
Da zuckte dem Gott statt des zappelnden Fisches
Loki entzaubert in zwingender Faust.

***

Zu grimmem Gericht an dem Gottesmörder,
Der Erde und All ins Elend gestürzt,
Stiegen die Herrscher vom Himmel nieder,
Die Hohen alle aus Asenheim.

Sie führten die Knaben vors Antlitz des Vaters,
Die Söhne von Sigyn, der sorgenden Frau:
Da zog und verzerrte sich zuckend ihr Antlitz
In wildem Entsetzen zu sinnloser Wut.

Sie fletschten die Zähne mit feindlichem Fauchen
Wider einander, von Wahnsinn gefasst:
Zu Wölfen verwandelt, erwürgten einander
Die heulenden Brüder in blutiger Gier.

Den stöhnenden Loki streckten die Götter
Am Grunde nieder aufs nackte Geröll:
Sie fesselten Loki im Felsengelände
Mit schneidenden Strängen über dem Stein

Dem Tobenden nahte Thiazis Tochter,
Skadi, die Riesin, voll Rachelust,
In zornigen Händen die zischende Natter
Von Gifte geschwollen den gleißenden Leib.

Über dem Haupt in der Höhle des Felsens
Ließ sie die Schlange, die schillernde, los:
Es spie die Grimme den giftigen Geifer
Dem Elenden unten ins Angesicht.

***

In wütendem Weh windet sich Loki,
Schäumt und brüllt in der Bande Gewalt:
Die Erde bebt, die Berge wanken,
Wenn im Gesteine der Starke sich stemmt.

Es sitzt ihm zur Seite Sigyn, die Gattin,
Hält in den Händen das hohle Gefäß,
Fängt in der Schale den Geifer der Schlange,
In Trauer und Elend dem Treulosen treu.

Es lauschen und lauern die Sippen des Loki,
Der Unholde Volk, aus der Finsternis:
Wann bersten die Bande des brüllenden Fürsten?
Wann graut der Tag, der Vergeltung bringt?

Der Wala Gesang

Schweigt und horchet, heil'ge Geschlechter,
Hoch und nieder von Heimdalls Stamm:
Der Welt Geschicke will ich euch weisen,
Ferne Mären vom Menschenvolk.

Erstgeborne in Urzeiten,
Joten zeugten und zogen das Kind:
Neun Heime erblickt' ich am Himmelsbaume,
Der wächst tief unten vom Erdengrund.

Eher als alles war Ymi, der Alte,
Als Berge und Sand und brausende See:
Unten nicht Erde, oben nicht Himmel,
Abgrund nur gähnte in ewigem Grau.

Da wälzten Burs Söhne, die Weltenbauer,
Das Land aus der Tiefe ans leuchtende Licht:
Da schien auf die Seeklippen schimmernd die Sonne,
Da keimte vom Grunde der grüne Lauch.

Von Süden her stiegen Sonne und Sterne,
Hasteten ratlos am Himmelsrand:
Die Sonne, sie weiß nicht, wo soll ihr Saal sein?
Die Sterne, sie sorgen, wo sollen sie stehn?

Zu den Ratstühlen gingen die Götter zu richten,
Die heiligen Schirmer hielten Beschluss:
Sie nannten mit Namen die Nacht und die Tage,
Sie zählten die Monde und maßen die Zeit.

Aufs Idafeld eilten die Asen und bauten
Ragende Häuser und heil'ges Gehöft.
Essen erhöhten sie, Erz ward gehämmert,
Werkzeug geschmiedet, wacker geschafft.

Heiter klirrten im Hofe die Knöchel,
Gold in Fülle gab es im Feld.
Da nahten die Töchter aus Thursentälern,
Mit grausem Drohen, grimmige Drei...

Einst schritten drei Edle aus Asengeschlechte,
Hilfreich und stark, zum hallenden Strand.
Da lagen noch ledig der Lebenslose,
Achtlos, in Ohnmacht, Embla und Ask.

Ohne Atmen und ohne Ahnen,
Mit bleichem Leibe, von Blute leer...
Den Atem gab Odin, das Ahnen gab Höni,
Lebensglut Lodur und leuchtendes Blut.

Es ragt eine Esche, Yggdrasil heißt sie,
Von weißen Fluten der Wipfel feucht,
Draus trieft der Tau in die tiefen Täler:
Immergrün rauscht sie an raunendem Quell.

Dort wohnen drei Weiber, wunderbar weise,
Im Höhlensitze am hohen Stamm:
Sie werfen die Lose, sie lenken das Leben
Und künden die Zukunft den Kindern der Zeit.

Krieg in die Welt kam mit den Wanen,
Da Odin die Gullweig durchstieß mit dem Ger,
Im Burghof der Götte die Goldne verbrannte:
Aus Asche erstand sie, so oft sie zerstäubt.

Die Hexe rief man sie rings auf den Höfen,
Es zückte die Wala den Zauberstab:
Betörte die Seelen, sehrte die Sinne,
Schlimmer Weiber schändliche Lust.

Zu den Ratstühlen gingen die Götter zu richten,
Die heiligen Schirmer hielten Beschluss:
Sollten sie Buße bieten für Gullweig?
Mit Wanen teilen der Welt Gewinn?

Es schleuderte Odin den Speer in die Scharen,
Es kam mit den Wanen Krieg in die Welt:
In Walhalls Burg barsten die Wände,
So stampften im Streite die Starken den Grund.

Es stieg von den Trümmern der stürzenden Tore
Aus hellen Gluten zum Himmel der Rauch:
Da boten die Hehren zum Bunde die Hände,
Es walteten Asen und Wanen vereint.

Da lockte den Joten Loki mit Listen
Aufs neue die Burg, die geborstne zu baun:
Zur Frau versprach er die strahlende Freyja
Dem täppischen Tölpel aus Thursenheim.

Vollendet erglänzten Asenheims Giebel,
Weithin leuchtete Walhall ins Land.
Da drang in die Halle der Hrimthurse drohend,
Lärmend verlangte der Bauherr den Lohn.

Zu den Ratstühlen gingen die Götter zu richten,
Die heiligen Schirmer hielten Beschluss –
Es hallten von Leid Land und Lüfte:
Freyja verkauft an der Fressriesen Volk!

Thor war's, der zerschlug in zornigem Trotze:
Der bleibt nicht im Sessel, wo solches geschieht!
Da schwanden die Eide, Schwur und Versprechen,
Die heil'gen Verträge hielten sie nicht.

Ich weiß, wo Heimdalls hallendes Horn hängt
In Himmelslüften am hohen Baum:
Den labt und nährt lauteres Nass
Aus Walvaters Pfande. – Wisst ihr davon?

Einsam saß ich, da kam der Alte,
Ins Auge sah mir der Asen Herr.
„Was forschest du, was fragst du mich, Vater?
Odin, ich weiß, wo dein Auge weilt!"

Es glänzt das Auge Odins am Grunde
Beim Wassergeiste im Wunderquell:
Met trinkt Mime alle Morgen
Aus Walvaters Pfande. – Wisst ihr davon?

Heervater reichte mir Halsschmuck und Ringe,
Teure Künste tat er mir kund,
Sangesraunen und Seherrede:
Weithin äugt' ich durchs Weltenall.

Frauen, erspähte ich, sprengten von ferne
Grimmig gerüstet ins Jotenreich:
Die Schilde schüttelten Schuld und Schlachtgier,
Speerstange schwang das schimmernde Schwert.

Im Geiste erblickte ich's: Balder, er blutet,
Verschlungen vom Schicksal, des Schlachtgottes Sohn:
Es wächst und wartet im weiten Felde
Das märenberühmte Mistelreis.

Es wird der Schössling, schlank wie ein Mägdlein,
Zum Speere des Hasses, da Höd ihn schwingt!
Doch bald ist auch Balder der Bruder geboren:
In einer Nacht reift er zur Rache heran.

Er wäscht nicht die Hände, er kämmt nicht das Haupt,
Bis Höd, der Verhasste, am Holzstoß liegt.
Da weint in den Fensälen Frigg, die Herrin,
Walhalls Wehe. – Wisst ihr davon?

Im Walde erspäh' ich am Wassersturze
Loki, den Frevler, in Fesseln den Feind!
Über ihm Sigyn in sehrender Sorge,
Beim Wilden sein Weib. – Wisst ihr davon?

Von Osten her schwemmt eisige Schneiden
Durch Täler voll Stankes ein trüber Strom,
Wälzt aus der Tiefe die tosenden Wogen,
Wo Hel, die Fahle, in Finsternis haust.

Flimmernd funkelt in finsteren Felsen
Des Zwerggesindes zackiger Saal.
Ein anderer flammt am Feuerberge,
Der Biersaal der Brüller auf brausender Höh'.

Es dämmert ein Saal vom Sonnenlicht ferne,
Nach Norden die Türe am Totenstrand:
Es rauscht in den Rauchfang giftiger Regen,
Drinnen windet sich Drachengewürm.

Waten seh' ich in wilden Strömen
Meineidige, Mördervolk!
Der Drache saugt die Entseelten drunten,
Der Wolf zerreißt sie. – Wisst ihr davon?

Ostwärts im Urwald sitzt eine Alte,
Zeugt mit Fenri frevles Gezücht:
Einer erwächst als der Wildeste aller,
Die Sonne erwürgt der wütende Wolf.

Er mästet am Fleisch sich gefallener Männer
Besudelt mit Bluttau der Seligen Sitz.
Die Sonne erdunkelt: da droht ein Sommer
Voll weher Wetter. – Wisst ihr davon?

Brüder meiden sich, Brüder morden sich,
Sippenschänder – Geschwistersöhne!
In heillosen Werken verhurt die Welt.
Schwertzeit, Schreckzeit, Schildekrachen,
Sturmzeit, Wolfzeit: es stürzt die Welt.

***

Heiter am Hügel schlägt er die Harfe,
Der raue Hüter von Riesenheim,
Da gellt's ihm zu Häupten im Gänsegehölze:
Flammenkopf kräht, der feurige Hahn.

Da gellt bei den Asen Goldkamm zur Antwort,
Die Helden weckt er, Heervaters Volk.
Da ruft im Grunde Rußtopf, der Grimme,
Der schwarze Hahn im Gehöfte der Hel.

Heulend tobt Garm vor der Höhle der Toten,
Es reißen die Hafte, der Hund, er rennt.
Weiter noch schau ich der Welt Geschicke:
Das Ende der Starken, der Asen Sturz!

Es weckt gewaltig zum Weltenende
Die Helden im Himmel helles Getön:

Heimdall erhebt sein Horn in die Lüfte,
Schauder schütteln die Scharen der Hel.

Yggdrasil ächzt, die uralte Esche,
Es braust ihr Laub: Loki wird los!
Allvater murmelt noch einmal mit Mime,
Ehe der Wolf den Waltenden würgt.

Was ist mit den Asen? Was ist mit den Alfen?
Riesenheim grollt: alle Götter am Rat!
Die Zwerge stöhnen vor den Steintoren,
Des Felsreichs Verwalter. – Wisst ihr davon?

Die weiten Gewässer wallen und wogen,
Die Midgardschlange schießt aus dem Meer,
Reckt zu den Sternen den riesigen Rachen,
Peitscht mit dem Schweife die schäumende See.

Da kreischt der Adler auf eisiger Klippe,
Der wilde Windaar am Ende der Welt:
Leichenschwelg schwingt den schneidenden Schnabel,
Hackt von den Tauen der Toten Gefährt.

Ein Schiff aus Osten: unter dem Schilde
Hrym, der Alte, der Eisriesen Herr.
Im Kielraum drängen sich drohend dies Kämpen,
Der Thursen und Joten johlender Tross.

Von Norden ein Mast: über Meer nahen
Auf hohem Steven die Streiter der Hel:
Fenris Wölfe im frevlen Volke,
Loki, der Lügner, er lenkt das Schiff.

Von Süden fährt Surt in sengender Lohe,
Er schwingt sein Schwert, die Sonne der Schlacht.
Die Riesinnen straucheln im Steingerölle,
Zur Helfahrt flammt der Himmel dem Volk.

Nun hebt für Frigg Harm sich von frischem:
Walvater sprengt zum Streit mit dem Wolf!
Dort ficht auch Frey mit dem Flammenriesen –
Fallen seh' ich die Freunde Friggs.

Es stürmt der Gewaltige, Walvaters Sprosse,
Widar, der Rasche, rennt an den Wolf,
Stößt das Schwert dem Schänder des Vaters
Grimm in den Rachen – gerächt ist der Gott!

Da naht der Erde Sohn, Asathor selber:
Es reißt den Rachen die Riesin auf,
Die Schlange, sie speit sprühende Flammen –
Zum Kampfe schreitet entschlossen Thor.

Lohe umschüttet den Schirmer des Lebens,
Vom Erdringe schwelt es der Atmenden Schar.
Es taumelt Thor zu Tode getroffen,
Es wankt in die Knie Walvaters Kind.

Da lischt die Sonne, die Lande versinken,
Die Sterne stürzen ins stürmende Meer,
Aus fauchendem Dampfe fahren die Flammen,
Es greift an den Himmel die helle Glut.

***

Und abermals seh' ich die Erde erstehen
In jungem Grün aus dem grauen Meer.
Die Wasser stürzen, es schwebt der Weih
Und späht nach dem Fische im schäumenden Fall.

Auf Idafeld wandeln die Asen wieder,
Sie reden und raunen vom Riesengewürm,
Von großen Taten, vergangenen Tagen,
Von alten Runen, die Odin riet.

Wiederum finden sich, wunderbar wahrlich,
Im Wiesengrunde die Würfel von Gold,
Die heiteren Klanges im Hofe klirrten,
In Urzeiten der Asen Lust.

Loszweige wirft der weise Höni
Unter der Esche, der alten, wie einst.
Der Sieggötter Enkel, am Ahnensitze
In Windheim haust ihre heilige Schar.

Da werden die Äcker ungesät wuchern,
Vor Balder weicht das Weh aus der Welt:
In Frieden mit Höd beherrscht er die Feste,
Wo Heergötter walteten. – Wisst ihr davon?

Ein Heim noch seh' ich heller als Sonne,
Von Golde glänzt es auf Gimles Höhn:
Da reitet gewaltig zum Weltgerichte
Der Starke von oben, der alles bestimmt.

Da kommt auch drohend der Drache geflogen,
Die fahle Natter vom finstern Fels,
Der Fresser, mit Leichen den Fittich beladen,
Der Sauger der Toten – doch sieh, er versinkt.

www.ingramcontent.com/pod-product-compliance
Lightning Source LLC
Chambersburg PA
CBHW020813060726
47498CB00017B/2830